本所おけら長屋(十七)

畠山健二

PHP
文芸文庫

○本表紙デザイン＋ロゴ＝川上成夫

本所おけら長屋（十七）目次

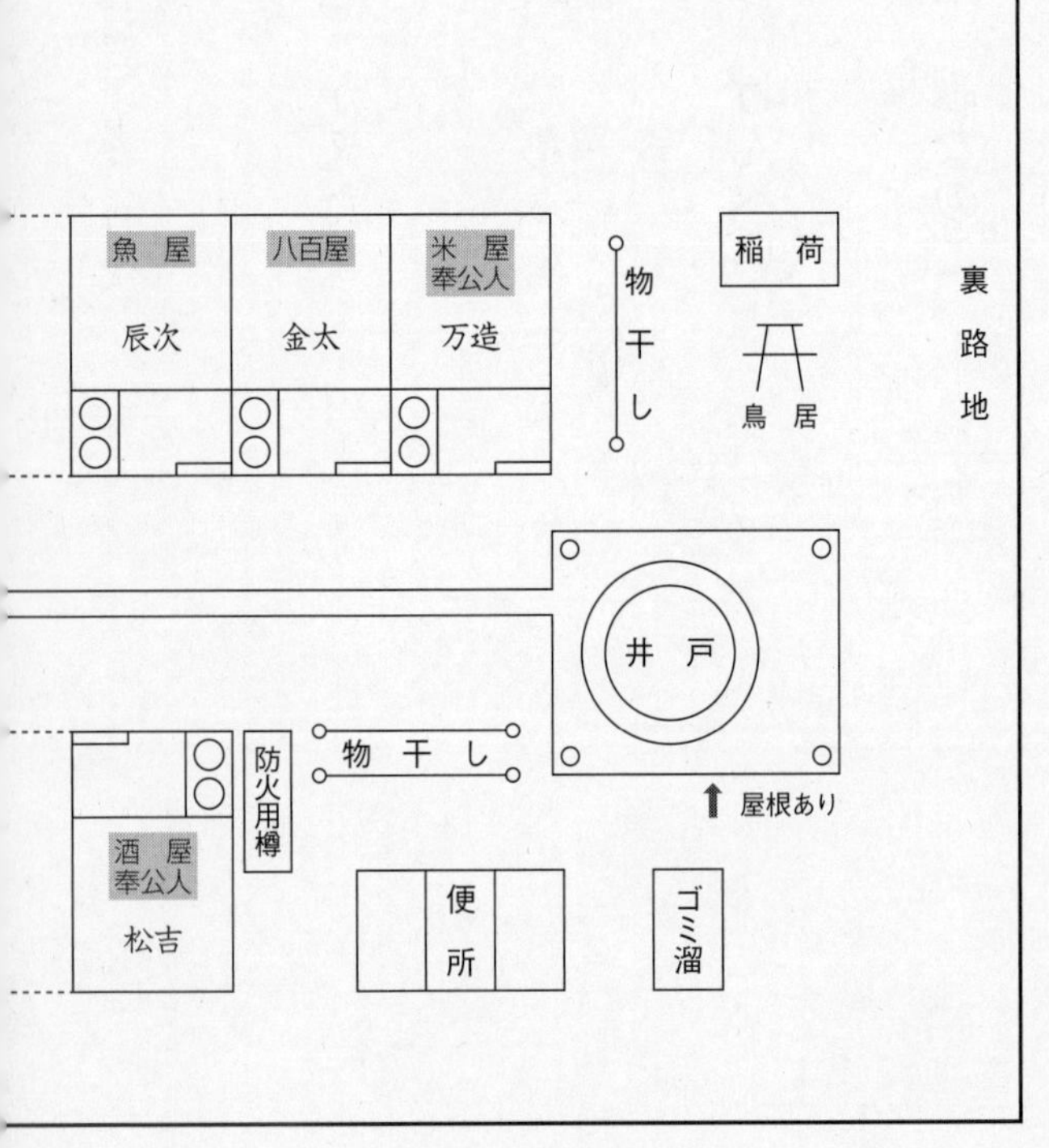

魚屋
辰次
八百屋
金太
米屋
奉公人
万造
物干し
稲荷
鳥居
裏路地
井戸
屋根あり
物干し
防火用樽
酒屋
奉公人
松吉
便所
ゴミ溜

本所おけら長屋の見取り図と住人たち

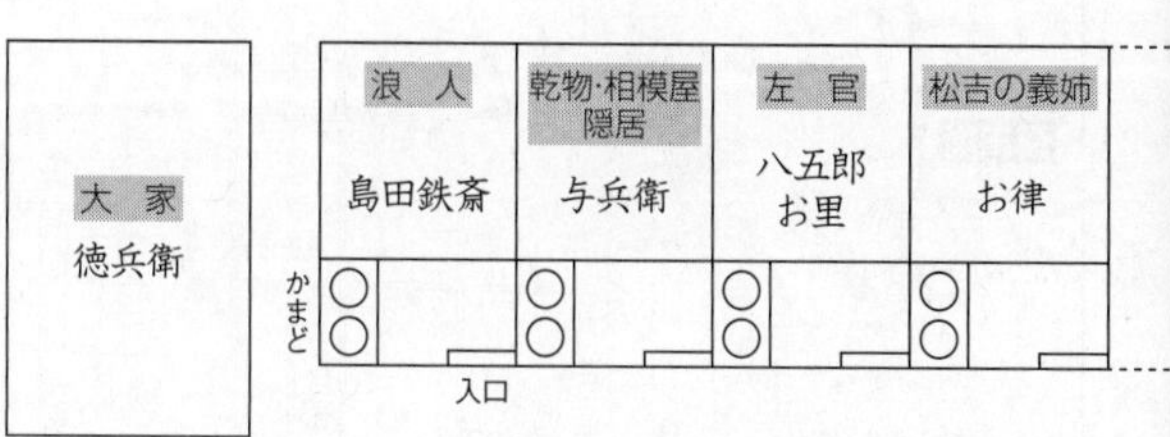

どぶ

畳職人
喜四郎
お奈津

たが屋
佐平
お咲

呉服・近江屋
手代
久蔵
お梅
亀吉

後家
お染

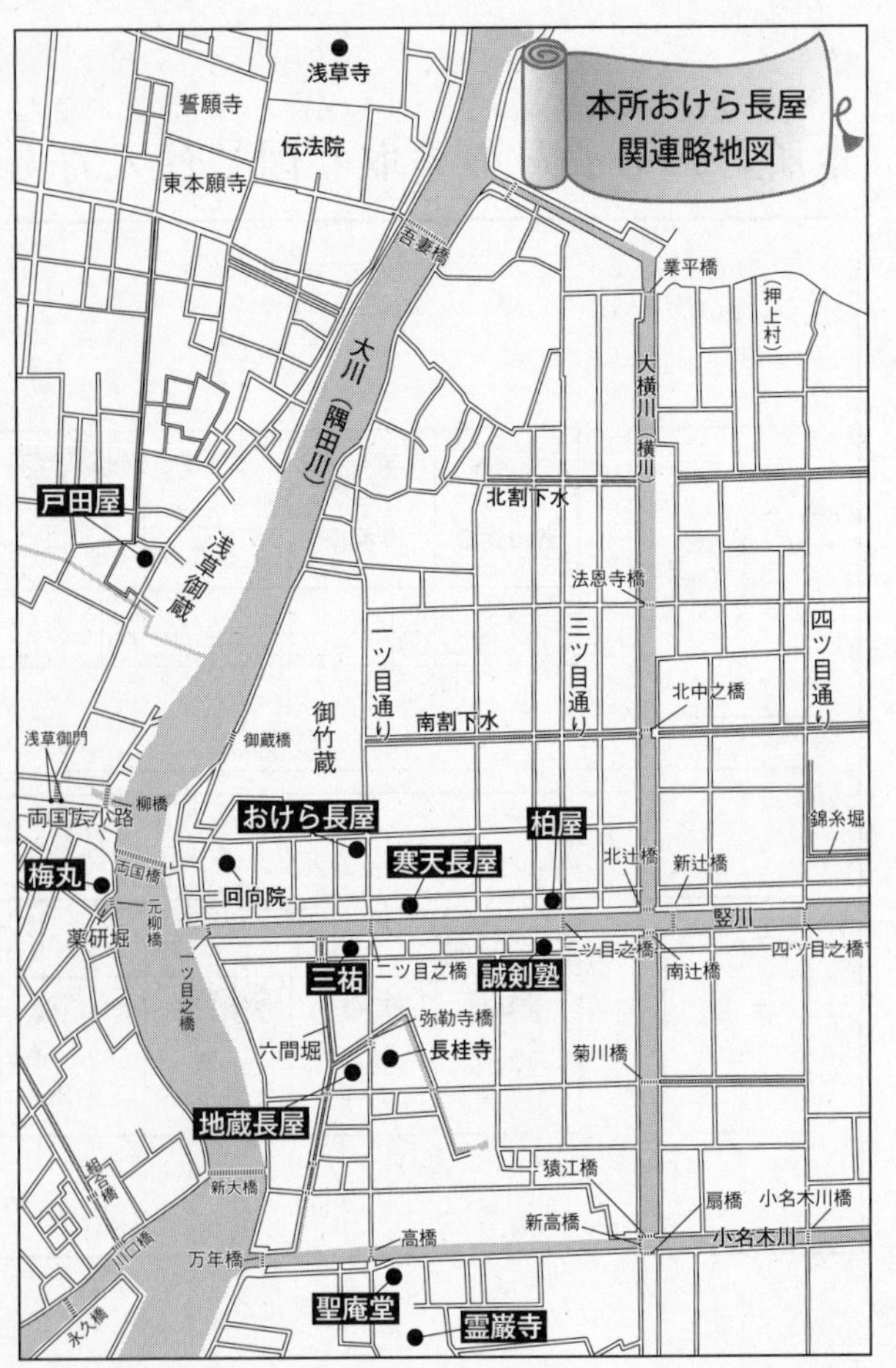
本所おけら長屋
関連略地図
浅草寺
誓願寺
伝法院
東本願寺
吾妻橋
業平橋
押上村
大川（隅田川）
大横川（横川）
戸田屋
浅草御蔵
北割下水
法恩寺橋
一ツ目通り
三ツ目通り
四ツ目通り
北中之橋
御竹蔵
南割下水
浅草御門
御蔵橋
柳橋
両国広小路
おけら長屋
柏屋
錦糸堀
寒天長屋
北辻橋
新辻橋
梅丸
両国橋
回向院
元柳橋
竪川
薬研堀
一ツ目之橋
二ツ目之橋
三ツ目之橋
四ツ目之橋
南辻橋
三祐
誠剣塾
弥勒寺橋
六間堀
長桂寺
菊川橋
地蔵長屋
猿江橋
組合橋
新大橋
扇橋
小名木川橋
新高橋
小名木川
高橋
川口橋
万年橋
聖庵堂
霊巌寺
永久橋

本所おけら長屋（十七）　その壱

かえだま

一

竪川に架かる二ツ目之橋で出くわした万造、松吉、八五郎の足は、当たり前のように酒場三祐へと向かう。

「もう、仕事は終わったんですかい」

万造の問いに、八五郎は面倒臭そうに首筋を撫でる。

「ああ。このところ暇でよ。早く帰ったところで、お里に嫌味を言われるのがオチでえ」

松吉は大きく頷く。

「わかるぜ。八五郎さんの気持ちはよ。おれだって、家であんな女房が待ってると思ったら、足が前に出ねえや」

「あのなあ、松吉……」

「どうかしたんですかい」

八五郎は立ち止まって溜息をつく。

「女房の悪口ってのは、亭主が言うから洒落になるんでえ。おめえにお里の悪口を言われる筋合いはねえ」

「ちょっと待ってくれよ。おれは八五郎さんの気持ちがわかるって言ってるんじゃねえか。つまり、八五郎さんの言ってることは正しいって言ってるんだぜ。なあ、万ちゃん」

「そうでえ。松ちゃんは八五郎さんの味方をしてるのによ」

八五郎は唸る。

「そうなのか……。そうだよな。おれはまた、おめえたちがお里のことを馬鹿にしてるのかと思ったぜ」

八五郎は三祐の縄暖簾を撥ね上げて、店に入った。

「お前さん、あたしがどうしたって？」

八五郎は慄く。

「お、お里。おめえ、どうしてこんなところにいるんでえ」

「お前さんこそ、まだ陽も高いっていうのに、どうしてこんなところに来るのさ」

万造と松吉は腕を組んで納得する。

「なるほどねえ。確かにこんな女房がいたら、家に帰る気はしねえなあ」

「ああ。所帯なんてもんは持つもんじゃねえなあ」

お里は万松の二人に詰め寄る。

「また、あたしの悪口を言ってたのかい。どんな悪口か聞かせてもらおうじゃないか」

万松の二人は、たじろぐ。

「い、いや、悪口はこれから言うつもりだったんで、まだ言ってねえ」

「まあ、聞きてえってえなら聞かせるけどよ。てめえの悪口なんざ滅多に聞けるもんじゃねえからな」

「お里さん。馬鹿なことを言ってないで、入ってもらいなよ。まがりなりにも客なんだからさ」

お里の背中越しに声をかけたのは、お染だ。

「そりゃそうだ。いらっしゃいまし。どうぞ奥の座敷に……」

「なんでえ、お染さんもいたのかい。二人して店番かよ」

松吉は店の中を見回す。

「お栄ちゃんはどうしたんでえ」

万造は厨を覗く。

「晋助のおやじもいねえようだが」

お染は三人を押し込むようにして座敷に座らせた。

「二人は番屋に行ってるのさ。いえね、隣の杏子屋の倅がね……」

万造は話が終わるのを待っていられない。

「角太郎が、また何かしでかしたのか」

お染は頷いた。

「店番をしてたみたいなんだけど、前を通りかかった幼馴染みと喧嘩になって、殴っちまってさ。相手は怪我をしたらしくて、角太郎は番屋に引っ張られたそうだよ。出先から戻ったお世津さんも呼び出されてね。心配だからって、晋助さんとお栄ちゃんも一緒についていったんだ」

お里は話を引き継ぐ。

「そこに出くわした、あたしとお染さんが、お栄ちゃんから店番を頼まれたってわけさ」

八五郎は拳で膝を叩いた。

「あの馬鹿野郎。どこまでお世津さんに苦労をかけりゃ気が済むんでえ。ガキのころから悪さばっかりしやがって、奉公に出ても五年と辛抱ができねえ。確か、奉公先の番頭を殴って、飛び出してきちまったって話じゃねえか」

三祐の隣に杏子屋という店がある。亭主に先立たれたお世津という女が細々と営む、子供相手の駄菓子屋だ。角太郎は、そのお世津の一人息子だ。

万造は徳利を受け取りながら――。

「角太郎はいくつになったんでえ」

お染は松吉に猪口を渡しながら――。

「さあ。十六、七になるんじゃないのかねえ」

松吉はその猪口に酒を注ぐ。

「まあ、行きつく先は与太者か、無宿者ってとこだな」

お里は松吉から徳利を取り上げる。

「それじゃ、お世津さんがあんまりかわいそうじゃないか」

「仕方ねえだろ。あんな野郎は、どこかに消えちまった方がいいんでえ。なあ、松ちゃん」

「ああ。駄菓子屋の店番も務まらねえ野郎だ。お世津さんだってその方がせいせいするだろうよ」

お里は苦笑(にがわら)いを浮かべる。

「親子ってえのは、そんなもんじゃないんだよ。たとえ、どんな子供だって可愛(かわい)いものなんだから」

縄暖簾を潜(くぐ)って店に入ってきたのは晋助だ。

「すまなかったなあ。お里さんに、お染さん」

お里は晋助に駆け寄る。

「どうなったんだい、角太郎は……」

晋助が縄暖簾の方を見ると、お栄に抱(かか)えられるようにしてお世津が入ってきた。

「おばさん、疲れたでしょう。今、お茶を淹れるから」

お栄は、お世津を座らせた。お里は繰り返す。

「だから、どうなったんだい」

お栄は、お世津の横に座った。

「角太郎が怪我をさせたのは、寺小屋からの幼馴染みだったから、大事にはならずに済んだわ」

お里とお染は胸を撫で下ろす。お世津は身を小さくした。

「晋助さんと、お栄ちゃんが、あたしと一緒になって向こうの親御さんに謝ってくれてね。本当にご迷惑ばかりおかけして情けないです」

万造は吐き捨てるように――。

「まったく、どこまで親を泣かせりゃ気が済むんだかよ……、って、その肝心の角太郎はどうしたんでえ。おれがぶん殴ってやらあ」

お染は呆れ顔になる。

「それじゃ、角太郎と同じじゃないか……、って、そうだよ、角太郎はどうしたのさ」

「それが……」

お栄は言葉を詰まらせる。お世津は目頭をおさえた。

「番屋の前で、小言を言ったら、あの子……。〝うるせえ〟って、どこかに走っていってしまったんです」

八五郎は首を振った。

「救いようのねえ馬鹿野郎だな。親の顔が見てえや」

「お、お前さん。お世津さんの前で何てことを……」

八五郎は自分の口をおさえた。

「いいんですよ、お里さん。本当のことなんですから。角太郎のことは諦めました。晋助さんや、お栄ちゃんにこれだけお世話になって、お礼も言えないなんて。もう親でもなけりゃ、子でもありません」

お世津は立ち上がって、深々と頭を下げる。

「みなさん。ご迷惑をおかけして申し訳ありませんでした」

お世津は背中を丸めたまま、店から出ていった。

三祐の中には静けさが漂う。

「あのう……」

一同が声の方を見ると、縄暖簾の間から若い男が顔を覗かせている。

「いらっしゃい。どうぞ」

お栄が声をかけると、男は中に入ってきた。はじめて見る男だ。

「申し訳ありません。客ではないんです。人捜しをしておりまして……」

「人捜し……。とりあえず、ここに座ってください」

男は樽に腰を下ろした。万造は座敷から声をかける。

「で、だれを捜してるんでえ」

「私のおっかさんです。七年ほど前、このあたりに住んでいたはずなんです。今も住んでいるかもしれません」

「七年前だと。ちょいと面白そうな話じゃねえか。まあ、こっちに来て座れや」

男は、お栄に背中を押されるようにして座敷に座った。

「私は、三河にある木綿問屋、尾張屋の手代で作吉と申します」

作吉は生真面目な男に見えた。ここにいる連中がちょっかいを出すのは間違いない。さっそく、お里が突っ込む。

「それじゃ、あんた。三河から出てきたのかい」

「ええ」

「それじゃ、あんた。七年もおっかさんに会っていないのかい」

「もう、二十年近くになります。ですから、おっかさんの顔も知りません」

「それじゃ、あんた。お店の給金はいくらなんだい」

お染が呆れ顔で、お里の話を止める。

「作吉さん。まずは順を追って詳しい話を聞かせておくれよ」

お栄が水を持ってきて、作吉に飲ませた。よほど喉が渇いていたのか、作吉はその水を一気に飲み干した。作吉が語り出そうとしたので、一同は少し身を乗り出した。

「もう一杯、水をください」

一同はずっこける。

「まぎらわしいことをするんじゃねえ」

「お栄ちゃん、早えところ、この野郎に水を飲ませろ。こっちは気が短えんだ」

お栄は頷くと、大きな丼になみなみと水を注いできた。作吉は受けとるやいなや一気に飲み干すと、とつとつと語り出した。

「私のおとっつぁんは、三河で音羽屋という三河木綿の織物を扱うお店に奉公していまして、二十五歳のとき、一人で江戸に出てきました。江戸のお店に、音羽屋の品物を売り込むためです。音羽屋の旦那様からは、三年のうちに音羽屋の織物を江戸に卸せる目鼻をつけるようにと、言われていたそうです」

お染は合いの手をいれるように――。

「それは、どれくらい前の話なんだい」

「二十二年前の話です」

「ずいぶん昔の話なんだねえ」

「おとっつぁんは、織物問屋が多い横山町にある長屋に住んでいたそうですが、そこで、ある女と知り合い、一緒に暮らすようになりました。そして、二人の間に男の子が生まれた……」

「それが、作吉さんなんだね」

作吉は頷いた。

「おとっつぁんが江戸に出てきて三年がたち、私が二歳になったとき、おとっつぁんは三河に帰ることになりました。おとっつぁんは私を連れて三河に戻りましたが、おっかさんは江戸に残ったそうです。その経緯はわかりません。何度訊いても、おとっつぁんは何も答えませんでした」

「それで、作吉さんのおっかさんが、このあたりに住んでたって話は、どこから聞いたんだい」

　作吉は心持ち、目を伏せた。

「昨年、おとっつぁんが病で亡くなりました。胸を悪くしてしまって、一年近く寝込んだ末のことです。あれは、おとっつぁんが息を引き取る三日前のことでした。こう言ったんです」

《ろ、六年前に、そ、そ、宗平さんが、た、訪ねてきたときに、聞いた……。お、お関は今、ほ、ほ、本所の一ツ目通りに、住、んでるって……》

「宗平さんというのは、おとっつぁんが江戸にいたときに世話になった人です。私は会ったことがありませんが、話には聞いていました」

　お染は確かめるように――。

「作吉さんのおっかさんはお関さんといって、七年前には本所の一ツ目通りに住んでたんだね」

作吉は頷く。松吉は唸った。

「うーん。一ツ目通りといっても広えからなあ。北は吾妻橋、南は海の近くまでじゃねえのか」

万造はそれを受けて——。

「だが、本所と言ったんだろ。北なら吾妻橋か大川（隅田川）、南なら深川って言うだろうよ。本所の一ツ目通りといやあ、このあたりじゃねえのか。その、お関さんってえのは、いくつなんでえ」

「私を産んだのが、二十一、二と聞いているので、今は四十を少し回ったころだと思います」

一同はそれぞれ考え込んでいるようだが、思い当たる女はいないようだ。

「ところで……」

松吉が声色を変えた。

「作吉さんよ。おめえさん、三河から出てきたってことだが、仕事は大丈夫なのかい。形からすると、お店者だろう。江戸でずっと、おっかさんを捜してて構わねえのかい」

作吉の表情は暗くなる。

「私は三河にある木綿問屋で奉公しています。このたび、薩摩藩から御用達の看板をいただきまして、ご城下に店を出すことになりました」

「薩摩藩といやあ、海を渡った南の南の、そのまた南の国じゃねえのか」

「はい。お店からは二番番頭さんと、私が出向くことになりました。薩摩藩は遠いところです。もう、江戸に来ることはできないと思います。いや、もう二度と来ることはできません。お店の旦那様におっかさんのことを話しました。ひと目だけでも、おっかさんに会いたいと。おっかさんに会えれば、思い残すことなく、薩摩に旅立つことができると。旦那様は情け深い人で、江戸に行くことを許してくれ、路銀までくださったのです。ですが、四日後の朝には江戸を発たなければなりません。ですから、なんとしても、あと三日のうちにおっかさんと……」

「おう。作吉。心配するねえ。必ず、おっかさんに会わせてやるから安心しな」

声の主は八五郎だ。

「ちょいと、お前さん。そんなことを言っちまって大丈夫なのかい」

「うるせえ。江戸っ子がこんな話を聞かされて、ああ、そうですか、頑張ってくださいね……、なんぞと言えるわけがねえだろう。なあ、万造に松吉」

万松は閉じていた目を開いて、両手を伸ばす。

「あ〜あ。よく寝た」

「何かあったんですかい」

八五郎の目は吊り上がる。

「ふざけるねえ。今まで起きてたじゃねえか」

「安請け合いはやめてくれよ。あと三日しかないんだぜ」

「そうでえ。三日で見つけられるとは思えねえ。恥をかくだけじゃねえか」

八五郎は腕を捲る。

「やってみなきゃわからねえだろ。てめえたちは、やる前から諦めるのか。作吉の気持ちになって考えてみろってんだ」

「そんなこと言ったってよ。何とか言ってくれよ、お染さん」

お染は微笑んだ。

「八五郎さんはね、角太郎のことが頭に残ってるのさ」

お里は八五郎の近くに寄る。

「角太郎のこと？　お前さん、そうなのかい」

八五郎は小さく頷いた。

「ああ。あんな親不孝な馬鹿息子もいれば、この作吉のように、おっかさんにひと目会いたくて、三河から出てきた息子もいる。それも、この機会を逃したら、もう、おっかさんには生涯会えねえってんだぞ。なんとかしてやりてえじゃねえか。それに、このあたりのことをよく知らねえ作吉に、おっかさんを見つけられるわけがねえ」

お栄が独り言のように——。

「何かの縁だよね。作吉さんがこの店に入ってきた。そして、そこにあたしたちが居合わせた……」

お里が笑う。

「あ〜あ。とんでもないところに居合わせちまったもんだ。ねえ、お染さん」

「そうだねえ。こうなったら、やってみるしかないねえ。どうする？　万松のお二人さんは。無理にとは言わないよ」

　万造は立ち上がる。

「いいか。時間（とき）がねえんだ。話をするのは、おけら長屋の連中だけじゃねえぞ。特に出職（でしょく）だ。魚辰（うおたつ）のように棒手振（ぼてふ）りの奴（やつ）らは、このあたりをくまなく回ってらあ。お関さんのことを訊きまくれば、どこかで引っかかるかもしれねえ。おれたちは、一ツ目通りで調べる持ち分を決めようじゃねえか」

　松吉は作吉に詰め寄る。

「おっかさんには何かねえのか。背が高（たけ）えとか、低いとか、黒子（ほくろ）があるとか、ねえとか……。そ、そうかい。二歳じゃ、覚えてるわけねえよなあ。まあいいや。おめえさん、宿はどこでえ」

「米沢町（よねざわちょう）の旅籠（はたご）、梅丸（うめまる）です」

「女将（おかみ）が色っぺえって評判の梅丸か。両国橋（りょうごくばし）を渡ったすぐそこじゃねえか。江戸にいられるのは三日ってことだったな。それじゃ、三日後の夕刻にここに来てくれ。それまでは江戸見物でもしててくれや。いいな。よし、行くぜ。万ちゃん」

「おお」

三祐から飛び出していく万造と松吉の背中を見て、お栄は目を細める。

「やるとなったら仕事が早いからねえ」

八五郎は冷(さ)めた酒を呑(の)み干した。

「素直に、はじめからやるって言えばいいじゃねえか」

お里は八五郎の額(ひたい)を叩(はた)く。

「い、痛(いて)え」

「お前さんが言い出しっぺなんだよ。酒なんか呑んでる場合じゃないだろ。お前さんも行きなよ」

「行くって、どこに行くんでえ」

「どこでもいいから、行きゃいいんだよ」

お染は声を出して笑う。

「そういうわけで、作吉さん。できるだけのことはやってみますから」

作吉は立ち上がり、深々と頭を下げた。

二

翌日――。

「唐茄子～。大根、菜っ葉に……、何だっけなあ……。何だっけな～は、要らねえか～」

引き戸を開けて、長屋の路地に出てきたのは馴染みの女だ。

「金太さん、今日は早いじゃないか。唐茄子をひとつおくれよ」

「唐茄子はねえ」

女は籠の中の唐茄子を指差す。

「あるじゃないか。そこに入ってるのは唐茄子だろ」

「これは唐茄子じゃねえ。おいらの頭だ」

「金太さんの頭なのかい」

「そうだ。万造さんが言ってたぞ。おめえの頭は唐茄子みてえなもんだって。だから、これはおいらの頭だ」

「あはは。そうなのかい。それじゃ、その金太さんの頭をひとつおくれよ。それは、菜っ葉だろ。だから、それは大根だろ……」

女は金太の胸元を見る。

「何だい、それは」

金太の胸と背中には紐で吊るされた紙がぶら下がっている。

「なになに……。《お関という女を捜しています。四十歳くらい。心当たりのある人はおけら長屋まで》。ふーん。背中の紙も見せてごらん」

女は金太に背を向けさせた。

「なになに……。《見つけた人には、唐茄子五つ、大根五本、差し上げます》。あはは。金太さん。あんた、背中に書いてあることは知らないんだろ。わかったよ。お関さんだね。あたしも方々で訊いてみるから。おけら長屋に帰ったら、そう言っておくんだよ。だから、それは菜っ葉だって言ってるだろ。あたしがほしいのは、唐茄子……、じゃなくて、金太さんの頭だって言ってるだろ」

そのころ、魚屋の辰次は——。

「毎度あり〜」

「魚辰さん、今度、活きのいい鯵が手に入ったら持ってきておくれよ」

「へい。合点承知の助でさあ。それから……、ちょいと人捜しをしてやして。お関さんていう女なんですが」

「お関なら、うちにいるよ」

「ほ、本当ですかい」

「ほら、そこで寝てるだろう。うちのおっかさんだよ」

辰次はずっこける。

「いや、そんな婆じゃ……、いや、歳のころは四十をちょいと回ったくれえで、七年前には、このあたりに住んでたってことなんですがね。もちろん、今も住んでるかもしれませんがね」

女はわざとらしく首を捻る。

「お関さんねえ……。うちのおっかさんしか知らないねえ」

辰次の表情は曇る。

「そうですかい……」

「訳ありのようだね。とにかく、みんなにも訊いてみるよ。何かわかったら知らせるから」

「へい。お願(ねげ)えします」

「見つけたら、鯵はタダにしてもらうよ」

「もちろんで。それどころか、鯛(たい)もつけさせてもらいやすんで」

辰次は天秤棒(てんびんぼう)を担(かつ)ぐと、勢いよく走り出した。

その夜――。

松吉の家に集まっているのは、万造、松吉、八五郎の三人だ。松吉は万造と八五郎に酒を注ぐ。

「網の仕掛けは終わったようだな」

万造はその酒を呑み干した。

「おけら長屋の連中には、それぞれの店や、出先でお関さんのことを訊いてもらってらあ。誠剣塾(せいけんじゆく)は鉄斎(てっさい)の旦那に頼んだ。聖庵堂(せいあんどう)は女先生に頼んだしな。おけい婆(ばあ)さんや寅吉(とらきち)にも手配は済んでる。どこかで引っかかってくれりゃいいがな。ところで、言い出しっぺの八五郎さんはどうしてたんでえ」

「えっ、おれか……。まあ、その……」

「なんでえ。ずいぶんと歯切れが悪いじゃねえか」

松吉は八五郎に酒を勧める。

「なーに。八五郎さんのこってえ。心配いらねえよ。それで、八五郎さんはどこを回ってきたんでえ」

「まあ、その……、いろいろとよ……」

「だから、その、いろいろってえのはどこなんでえ。ま、まさか、てめえで安請け合いをしておきながら、何にもしてねえなんてこたあ、ねえでしょうねえ」

八五郎は俯く。万松の二人は一斉に大声を上げる。

「えええええ〜。偉そうな御託を並べておきながら、てめえは高みで見物かよ」

「てめえだけ、いい恰好しやがってよ」

引き戸が開いて顔を覗かせたのは、大工の寅吉だ。

「おお。呑ってるねえ」

八五郎は思わぬ救いの神に表情が緩む。

「と、寅吉じゃねえか。まあ、こっちに上がって一杯やれや」

万造は座敷に上がろうとする寅吉に――。

「待ちやがれ。寅吉よ。てめえ、ここに来て酒を呑むからには、何か土産を持ってきたんだろうな」

「土産……」

「そうでえ。お関さんのことが何かわかったんだろうってことよ」

寅吉は笑みを浮かべて座敷に座った。

「当たり前じゃねえか。おれが手ぶらで来るとでも思ってんのか。まあ、酒を一杯注ぎねえ」

寅吉は懐から湯飲み茶碗を取り出して差し出した。万松の二人は顔を見合わせてから、寅吉に酒を注ぐ。寅吉は大袈裟な仕種でその酒を呑み干すと、湯飲み茶碗を置いた。

「まずは、一ツ目通りの場所を絞らなきゃならねえ。本所というからには、相生町、林町、北森下町、北六間堀町あたりだな」

「なるほど」

万造、松吉、八五郎の三人は頷く。

「このあたりに、お関という女がいるか調べることだ」

「なるほど」

三人は頷く。

「おれが調べたところ、お関という女は三人いた。一人は相生町に住む七十すぎの婆。二人目は北森下町に住む二十一歳の娘。三人目は北六間堀町に住む六歳のガキだ。だがよ、その、お関という女がこのあたりに住んでいたのは七年前で、その後に引っ越したかもしれねえ。つまり、七年前のことまで調べなきゃならねえってことだな」

「なるほど」

三人は頷く。万造は寅吉に酒を注ぐ。

「それで、寅吉さんよ。何かわかったんですかい」

寅吉は口に運びかけた湯飲み茶碗を止めた。

「だからよ……」

寅吉は酒を呑み干してから──。

「七年前のことを調べるのは難しいってことが、わかった……」

万造は持っていた徳利を静かに置いた。しばらく静けさが続いた後、三人は寅吉に飛びかかる。

「てめえ。ふざけるんじゃねえ」

「呑んだ酒を吐け。吐きやがれ」

「てめえは家で、八四目のガキを仕込んでりゃいいんでえ」

寅吉は悲鳴を上げる。

「ひー。く、苦しい。た、助けてくれ〜」

引き戸が開いて顔を覗かせたのは、研ぎ屋の半次だ。

「な、何をしてるんでえ。寅吉を手込めにしようってえのか」

寅吉は思わぬ救いの神に助けを求める。

「は、半次じゃねえか。早く助けてくれ〜。このままだと手込めにされる〜」

万造は寅吉の首を絞めながら――。

「半次。てめえ、何しに来やがった」

半次は笑みを浮かべる。

「女を捜してるって小耳に挟んだから、教えに来てやったのに、ずいぶんなご挨拶(さつ)じゃねえか。なんなら、このまま帰(けえ)ってもいいんだぜ」

万造、松吉、八五郎の三人は、寅吉から手を放した。

「なんだと〜。それなら、こっちに上がれや」

半次は座敷に座ると、懐から湯飲み茶碗を取り出した。松吉は半次の茶碗に酒を注ぐ。

「それで、半次さんよ。その女のことだが……」

半次はその酒をゆっくりと呑んだ。

「慌(あわ)てるねえ」

半次は焦(じ)らすように、ゆっくりと酒を呑む。

「万松のお二人さんよ。〝灯台下暗(とうだいもとくら)し〟って言葉を知ってるかい」

万造は小首を傾(かし)げる。

「それは、おれたちのことか。〝当代その日暮らし〟ってよ」

「う、うまいねえ。わははは……、って感心してる場合じゃねえ。つまり、近くの事情はかえってわかりづれえってことよ。だからよ、捜してる女は近くにいるってこった」

「つ、つまり、亀沢町にいるってことかよ」

「亀沢町なんてもんじゃねえ。もっと近くにいるってことよ」

松吉は少し考えてから――。

「ここが亀沢町で、もっと近くにいるってこたあ……」

半次は不敵な笑みを浮かべる。

「聞いて驚くんじゃねえぞ。その女のいる場所はなあ……」

寅吉を含めた四人は固唾を呑む。

「おけら長屋よ」

八五郎はしばらく黙っていたが――。

「おけら長屋ってえと……、ここじゃねえか」

半次は得意げだ。

「近すぎてわからねえってことは、よくあるもんでえ。お釈迦様でも気がつくめえ」

万造は落ち着いた声で尋ねる。

「それで、おけら長屋のどこにいるんでえ」

半次はニタリとする。

「その女は今、ある男と一緒になって所帯を持っている」

「そ、そうなのか」

「ああ。七年の年月ってえのは恐ろしいもんだぜ。亭主の名は佐平だ」

松吉はきょとんとなる。

「佐平さんの女房といやあ、お咲さんじゃねえか」

「そうよ。そのお咲さんよ。本所一ツ目通りに住む、四十を少し回った、お咲さんといやあ、ここに住んでるお咲さんしかいねえだろ」

万造の表情は能面のようになる。

「おれたちが捜してるのは〝お関〟さんという名前だが……」

半次の表情も能面のようになる。

「おせきさん……。おさきさんじゃねえのか……」

しばらく静けさが続いた後、万造、松吉、八五郎、寅吉の四人は、半次に飛びかかった。

「この、早とちり野郎が」

「呑んだ酒を吐け。吐きやがれ」

「寅吉。なんで、てめえが半次の首を絞めてるんでえ」

「そんなことは知るけえ。とりあえず、仕返しでえ」

そんなわけで、お関の消息はまったくつかめなかった。


翌日の昼下がり――。

酒場三祐でとぐろを巻いているのは、万造、松吉、八五郎、お染の四人だ。八五郎は茶を啜る。

「今日と明日しかねえんだぞ。これだけ餌を撒いたのに、どこからもお関さんの話が引っかかってこねえとはなあ。宗平って男が、作吉の親父に話したことは信用できるのかよ。作吉だって、親父が死ぬ三日前のうわ言を聞いただけだろう。親父が夢を見てたってこともある」

万造は猪口を口にあてて、中身を呑み干す。それを横目で見た八五郎は――。

「酒はやめとけと言ったじゃねえか。お関さんの話が入ってきたときに、身動きがとれなくならあ」

　万造は徳利ごと口にくわえた。

「お茶だよ。せめて気分だけでも酒を味わいてえだろ。ところで、八五郎さんよ。仕事はいいのかよ。おれと松ちゃんは得意先を回ってることにしてるんだがよ」

「仕事なんざ手につきゃしねえや。だがよ、やるせねえなあ。何にもしねえで、ここにこうしているってえのはよ」

　お染も茶を啜った。

「仕方ないさ。お関さんのことがわかったら、ここか、おけら長屋に話が集まってくることになってるんだから。そのときに、あたしたちが動けないんじゃ、どうしようもないからね」

　縄暖簾を小粋に撥ね上げて入ってきたのは、このあたりを縄張りにしている御用聞きの平次だ。万造が立ち上がる。

「平次親分。お関さんのことが何かわかったんですかい」

　平次は帯に差してある十手を撫でた。

「そういやあ、お関って女を捜してるって噂は聞いたが……。申し訳ねえ。おれが来たのはその話じゃねえんだ。隣の角太郎のことでな……」

八五郎の顔が険しくなる。

「あの馬鹿野郎、また何かしでかしやがったんですかい」

平次は笑った。

「隣の杏子屋に顔を出したんだが、お世津さんは留守のようなので、ここに来てみたってわけよ。じつはなあ……」

平次はもったいぶるように、ゆっくりと樽に座った。

「吾妻橋の東詰で追い剝ぎが出てな。お店の番頭が合口で刺されて、三両が奪われた。番頭は命を取り留めたが大怪我だ」

お染の表情が曇る。

「ま、まさか、その下手人が……」

「角太郎が近くにいて、番屋に引っ張られた」

お栄は平次ににじり寄る。

「親分。角太郎は確かに半端者です。でも、そんな大それたことができる子じゃありません。本当は気が小さくて、形は大人でも、まだ子供みたいなもんですから」

平次は微笑んだ。それは、お栄を安心させるような笑みだった。

「まあ、落ち着いて最後まで話を聞きねえ。角太郎は下手人じゃねえ。それくらいのことはおれにもわかってる。返り血も浴びてねえしな」

お栄は胸を撫で下ろした。

「だが、下手人は逃げたままでな。角太郎は運悪く近くをうろついていやがったのよ。角太郎は一昨日もだれかに怪我をさせて、この近くの番屋に引っ張られたそうじゃねえか。疑われても仕方ねえ」

お染は平次の前に茶を置いた。

「それで、親分さんは、どうしてお世津さんのところに……」

平次は熱い茶を啜った。

「角太郎が中之郷元町の番屋に引っ張られたことは、お世津さんの耳にも入るだろう。お世津さんに心配させたくねえからよ。だから、角太郎は下手人じゃねえ。すぐにお解き放ちになるだろうと知らせてやりたくてよ」

「よっ。さすがは平次親分」

お栄が声をかけた。万造は思い出したように——。

「それで、角太郎は番屋でどうしてるんですかい」

平次は苦笑いを浮かべる。

「聞いたところによると、八丈か佐渡送りになると脅かされて、泣きわめいているそうだ。〝おっかさん、おっかさん〟ってな」

八五郎は呆れ顔になる。

「だらしのねえ野郎だ。お栄ちゃんの言う通りで、まだケツの青いガキなんだよ」

そのとき——。

「角太郎は、そのまま番屋に置いておいてください」

一同が声の方を見ると、そこにはお世津が立っている。

「お世津さん……」

話を聞いていたと思われるお世津だが、取り乱してなどはいない。

「たとえ、間違われたとしても、番屋に連れていかれたのは角太郎のせいです。

真っ当な暮らしをしていれば疑われることなどないんです。親分さん。奉行所にお願いして、角太郎をしばらく、伝馬町の牢屋敷にでも入れてもらえませんか。それくらいのことをしなければ、あの子の目は覚めません」

「おばさん、そんな……」

お栄は次の言葉が出てこない。松吉は、そんなお栄を気遣う。

「お世津さん。伝馬町の牢屋敷がどんなところだか知ってるのかよ。鬼のような牢名主がいてよ、新入りは寄ってたかって半殺しにされるそうでえ。角太郎なんざ、二日ともちゃしねえぜ」

「それでも構いません」

平次が割って入る。

「お世津さん。気持ちはわかるが、そんなことはできねえよ。角太郎は番屋で脅かされただけで充分、薬になってるだろうよ。それじゃ、あと少し脅かしてくれるように頼んでやらあ。それで勘弁してくんな」

平次は帯から引き抜いた十手で縄暖簾をかき分けて、三祐から出ていった。

三

三祐に集まっているのは、昨日と同じ四人だ。四人の口から出るのは溜息ばかりだ。八五郎は貧乏揺すりを続けている。

「今日の夕刻には、ここに作吉が来るっていうのによ」

万造は面倒臭そうに――。

「何回、同じことを言ってるんでえ。耳に胼胝ができらあ」

松吉は天に向かって両手を合わせる。

「お天道様。一度、引っ込んでからまた出てきてくだせえ」

「なんでえ、そりゃ」

「そのぶん時間を稼げるじゃねえか」

「違えねえや」

万造も天に向かって手を合わせると、八五郎が――。

「おめえたち、つまらねえことをするんじゃねえ。そんなことよりも、ちゃんと謝るんだぞ。力が及びませんでしたってな。人間、心から謝れば、その気持ちは通じるもんだからな」

万松の二人は、合わせていた手の平を離すと拳に変えた。

「ふざけるねえ。八五郎さんが安請け合いするからじゃねえか」

「まあ、オチはわかってたけどよ。無理矢理に乗せられて、最後にケツを拭かされたんじゃ、たまったもんじゃねえや」

お染が万松をなだめる。

「まあまあ。八五郎さんに悪気はないんだから。でも、八五郎さんの言う通りだよ。こうなったら、心から謝るしかないねえ」

お栄は頷く。

「仕方ないよ。みんな、一生懸命にやったんだから」

店に入ってきたのは、煮売り屋のおけい婆さんだ。

「おやおや。二進も三進もいかなくなって、お手上げってやつかい。それじゃ、あたしは感謝されるねえ。見つけてきてやったよ。お関さんを知ってるって人を」

「ほんとかよ」

万造、松吉、八五郎は同時に叫んだ。

「だが、タダじゃ教えないよ。今後、あたしのことを〝婆(ばばあ)〟とは呼ばずに〝おけい姐(ねえ)さん〟と呼ぶこと。いいね」

「姐さんだと。ふざけるな、このクソ婆が」

おけい婆さんは笑う。

「言ってるそばから〝婆〟って言ってやがる。それも〝クソ〟までつけやがって」

おけい婆さんは外に出ていくと、一人の老婆を連れてきた。

「お升(ます)さんだ。あたしは煮物の仕込みがあるから帰るよ。万造、〝ありがとうございました。おけい姐さん〟と言ってみな」

万造は立ち上がって頭を下げる。

「ありがとうございました。おけい姐さん」

万造は頭を上げる。

「婆。これで気が済んだだろ」

おけい婆さんは大声で笑いながら出ていった。お染は残された老婆に近寄る。

「あの……」

「升だ。近所の連中には〝お升婆さん〟と呼ばれてるよ」

「お関さんのことを知ってると……」

「ああ。そうだよ」

「作吉さんをご存知なんですか」

「ああ。やっと歩けるようになったころのことだがな。心配するなって。人違いじゃねえよ。父親は三河から商いに来てた三次郎さんだろ」

一同は顔を見合わせて〝間違いない〟と頷いた。

「そ、それで、お関さんは……」

「死んだよ。四年前に。だれにも看取られずに、一人で死んだよ」

「し、死んだ……」

「ああ。作吉がおっかさんを捜しているってことだが、ちょいと辛い話になるよ。それでも聞いてみるかい」

「お願いします。聞かせてください」

お升は樽に腰かけると語りだした。

四半刻(三十分)後——。

お升が出ていった三祐の中は、静けさに包まれていた。みんな、だれかが話し出すのを待っているようだった。口を開いたのは八五郎だ。

「言えねえよな。作吉には……」

万造と松吉は静かに立ち上がった。

「それじゃ、おれたちは仕事があるんで……」

「お先に失礼させていただきます。どうぞ、ごゆっくり」

お栄も立ち上がる。

「私も買い物に行かなくちゃ……」

お染は風呂敷包みを抱える。

「さて、あたしはこれを吾妻屋さんに届けなきゃならないからねえ」

八五郎は慌てる。

「お、おめえたち。そりゃ、ねえだろう」

「だって、八五郎さんが受けた話じゃねえか。八五郎さんがカタをつけるのが筋ってもんだろうよ」

お染は笑う。

「あははは。八五郎さんは洒落が通じないからねえ」

万造と松吉は腰を下ろす。

「だいたい、八五郎さんがまともに話せるわけがねえだろう」

「違えねえや」

お栄が酒を持ってくる。

「酒でも呑んで考えたら。作吉さんがここに来るまで、あと一刻（二時間）しかないのよ」

酒を湯飲み茶碗で呑み干した松吉が独り言のように——。

「こりゃ、替え玉でも立てるしかねえなあ」

お栄が聞き返す。

「替え玉……」

「おうよ。お関さんの替え玉を見つけてきて、お関さんだってことにすりゃいいじゃねえか」

万造は黙っている。お染は嫌な気配を感じる。

「ちょっと、あんたたち。や、やめなさいよね。替え玉だなんて。もし、作吉さんが知ったら傷つくどころじゃ済まないよ」

お栄もお染に加勢する。

「そうよ。それに、あたしたちの面目はどうなるのよ」

万造は酒をあおる。

「作吉は明日の朝に江戸を発って、もう二度と江戸には戻ってこれねえんだ。おれたちの面目なんざ、どうだっていい。おっかさんに会わせてから、薩摩に行かせてやりてえじゃねえか」

お染の表情は歪む。

「嘘のおっかさんでもかい」

「ああ。嘘も方便ってこともあらあ」

松吉は腕を組む。

「だがよ、どこからお関さんの替え玉を見つけてくるかでえ。もう時間がねえ」

そこに入ってきたのは、お世津だ。

「いろいろとお世話になって……。伊勢屋（いせや）のお饅頭（まんじゅう）を買ってきたんで、みなさんで食べてくださいな……」

一同がお世津の顔を見つめている。

「ど、どうしたんですか。あたしの顔に何かついてますか……」

万造が落ち着いた口調で尋ねる。

「お世津さん。あんた、歳はいくつだっけ」

「嫌ですよ、いきなり歳なんか訊いて……。四十二ですけど」

万造、松吉、八五郎の三人は大きく頷く。松吉も落ち着いた口調で尋ねる。

「お世津さん。おれたちが作吉って野郎のおっかさんを捜してるって話は知ってるかい」

「ええ。このあたりでその話を知らない人はいませんよ」

「お世津さん。あんた、その作吉に会ったことはねえな」

「ええ。会ったことはありませんけど……。どうしたんですか」

八五郎がいきなり、お世津の前で両手をついた。

「お世津さん。作吉のおっかさんになってやっちゃくれねえか。たった一日でいいんでえ。いや、半日でいいからよ。頼む。この通りだ」

八五郎は額を土間に押し当てた。

「ど、どうしたんですか、八五郎さん……」

万造と松吉が、お世津にすべてを話す。お升から聞いた話も。

「——というわけなんだ……」

しばらく考えていたお世津だが、何かが吹っ切れたように大きく頷いた。

「やります。いえ、やらせてください。作吉さんのおっかさんを」

これには、お染も、お栄も驚いた。

「お世津さん。本当にやるつもりなのかい」

「おばさん。大丈夫なの？」

お世津は微笑んだ。

「できるかどうかわからないけど、とにかくやってみる。だって、作吉さんは、おっかさんに会いたくて三河から出てきたんだろう。もう二度と江戸には来られないんだろう。そんな、作吉さんの気持ちを考えたら、あたしは何だってできる」

松吉は立ち上がった。

「もう時間がねえ。明日の朝までだ。朝まで、お世津さんが作吉のおっかさんを演りきってくれりゃいいんでえ。どうすりゃいいか、手立てを考えねえとな。みんな、集まってくれや」

一同は頭を突っ込むようにして輪になった。

一刻後、作吉がやってきた。その表情は期待と不安に包まれている。八五郎は笑顔で作吉を迎え入れる。

「おお。作吉か。江戸見物はどうだったんでえ」

「そんなことはしていません。私はおとっつぁんが住んでいたという横山町のあたりを訊いて回りましたが、何もわかりませんでした。そ、それで……」

「見つかったぜ、おめえのおっかさんがよ」

「ほ、本当ですか」

お栄が、背中を優しく押すようにして、お世津を連れてきた。そして、作吉の前に立たせる。

「お、おっかさん……、ですか」

俯いていたお世津は顔を上げて、作吉の目を見つめた。

「さ……、く……、か……」

その声はかすれていて、聞き取ることができない。松吉が割って入る。

「〝作吉かい〟って言ってるんでえ。お関さんは、風邪をこじらせて喉を傷めちまってな。今は喋ることができねえんだ」

お世津があまり喋らなくていいように、松吉が考えた手立てだ。お世津は作吉に歩み寄ると、腕と胸を摩った。そして口を動かす。

「さ……、こ……、な……、り……」

松吉が口を挟む。

「〝作吉、こんなに立派になって〟と言ってるんでえ」

作吉の目には涙が溢れ出す。

「おっかさん……」

　作吉は、お世津を抱き締めた。お世津の頰にも涙が伝う。作吉の気持ちを考えたら泣かずにはいられないのだ。お染とお栄も手拭いで目頭をおさえる。お世津がお関の替え玉とは、とても思えなかったからだ。お世津は、作吉の胸の中で嗚咽する。

「〝作吉。寂しい思いをさせてごめんよ。おっかさんを許しておくれ〟と言ってるんでえ」

　万造が松吉の半纏の袖を引っ張り、小声で囁く。

「馬鹿野郎。泣き声でそんなことがわかるわけねえだろ」

　作吉はお世津を抱き締めたまま――。

「おっかさん。どうして、三河に来てくれなかったんだ。わ、私はおっかさんと一緒に暮らしたかった」

　万松の二人が、お染に目配せをする。助けてくれという合図だ。

「作吉さん。男と女にはいろいろな事情があるんだよ。もう済んだことはどうだっていいじゃないか。お関さんだって辛かったんだよ。作吉さんよりもずっと辛かったんだよ。自分のお腹を痛めて産んだ子と別れるのが、どれほど辛かったことか。作吉さんも、それくらいのことはわかる歳になったはずだよ」

お染の見事な切り返しに、一同は胸を撫で下ろす。松吉は間髪を容れずに続ける。

「〝作吉、おっかさんを許しておくれ〟と言ってるぜ」

作吉は、お世津を抱く手を解き、両肩をつかんだ。

「ごめんよ、おっかさんを苦しめることを言って。こうして、おっかさんと会えたんだ。私はもう、それだけで充分です」

お世津は、涙を拭って口を動かす。

「〝あの人……、三次郎さんはどうしてるんだい〟と言ってるぜ」

「おとっつぁんは昨年、亡くなりました。息を引き取る三日前に、うわ言を聞いたんだ。おっかさんは本所の一ツ目通りにいるって」

「〝そうかい……。あの人は死んだのかい〟と言ってるぜ」

おけら長屋の連中は、作吉から父親の名前を聞いていない。お世津が本物の母親でなければ知るよしもない〝三次郎〟という名前を出すことで、替え玉と覚られることはなくなる。

「おとっつぁんとは、私が奉公に出る十一歳まで一緒に暮らしました。私には優しいおとっつぁんでした」

お染が尋ねる。

「作吉さん。どうしても明日の朝に江戸を発たなきゃならないのかい。せっかく、こうして、おっかさんに会えたのに……」

作吉はお世津を見つめながら——。

「はい。私を江戸に送り出してくれた旦那様との約束は守らなければなりません。明日の朝、七ツ（午前四時）には江戸を発ちます」

一同はまたしても胸を撫で下ろす。作吉とお世津が一緒にいる時間が長ければ長いほどボロが出かねない。

「みなさん。本当にありがとうございました。薩摩に行く前に、おっかさんと会えた私は幸せ者です。もう思い残すことはありません」

お栄が酒を運んでくる。

「さあ、こちらに上がってください。作吉さんもお腹が減ったでしょう。たいしたものはありませんが、召し上がってください。さあ、お関さんもどうぞ」

ここからは万造の出番だ。作吉に酒を呑ませて、酔わせてしまう手立てだ。とにかく、今日が無事に終わればいい。作吉は明日の朝、旅立つのだから。

「ありがとうございます。それじゃ、おっかさん……。お言葉に甘えましょう」

作吉はお世津の肩を抱いた。

そのとき——。

「その人は、おめえのおっかさんじゃねえ。おいらのおっかさんだ」

一同の身は固まる。店に入ったところで仁王立ちになっているのは、角太郎だ。

「手を放せ。おいらのおっかさんだぞ」

万造と八五郎は角太郎に飛びかかる。

「てめえ、なんてえときに出てきやがった」

「この野郎。いいから、外に出やがれ」

松吉は作り笑いを浮かべる。

「へへへ。作吉さん。こいつは近所に住む、ちょいとおつむの足りねえ野郎なんで。すぐに叩き出すから、気にしねえでくんな」

万造と八五郎が角太郎を連れ出そうとするが、角太郎も死にもの狂いで暴れる。

「放せ。放しやがれ。おいらのおっかさんだ」

お世津がいきなり——。

「あたしはね、お前なんかのおっかさんじゃない。あたしの息子はね、この作吉だけなんだよ」

角太郎の身体(からだ)から力が抜ける。

「おっかさん……」

「お前のように、人様(ひとさま)を殴って怪我をさせたり、お世話になっている人たちに迷惑をかけて、謝ることもできない子を産んだ覚えはない。もう、どこへでも行っておしまい」

一同は頭を抱える。作吉は茫然(ぼうぜん)として、角太郎を見ていたが——。

「あ、あなたは、あのときの……」

お栄が尋ねる。

「作吉さん。角太郎のことを知ってるんですか」

「三日前だったと思いますが。私はこのあたりを何度も行ったり来たりしていました。おっかさんのことをあちこちで訊いていたからです。この隣に駄菓子屋があったので、店番をしている人に尋ねてみようかと思いました。ですが……。店番をしていたこの人と、前を通りかかった若い男が喧嘩になったのです」

八五郎は角太郎の腕から手を放した。

「おめえが、幼馴染みを殴ったときの話だな」

角太郎は俯いて何も答えない。作吉は続ける。

「でも、この人は悪くないですよ。悪いのは向こうです。その男が、この人をからかったんです。そして、この人のおっかさんの悪口を言ったんです。だから、この人は、その男を殴ったんです」

八五郎が角太郎の着物の襟を締め上げた。

「角太郎。そりゃ、ほんとか。事の次第を話してみろ。話してみろってんだよ」

「ぐっ、ぐわっ……」

万造が八五郎の手を引き離す。

「それじゃ、角太郎が喋れねえだろうが。角太郎、話してみな」

角太郎は小さく頷いた。

「あ、あいつが……。おいらを指差して、いい歳をして駄菓子屋の店番しかできねえのかって、笑いやがった。奉公先をやめて飛び出してきたのは、母親だけに育てられたからだって。母親が甘やかしたからだって。おめえみてえな馬鹿になったのは、母親のせいだって……」

角太郎は拳を握り締めた。

「許せなかった。おいらは何と言われてもいい。でも、女手ひとつでおいらを育ててくれた、おっかさんの悪口を言う奴は許せなかった……」

八五郎は再び、角太郎の着物の襟を締め上げる。

「てめえ、どうしてそのことを言わなかったんでえ」

「ぐっ、ぐわっ……」

万造が八五郎の手を引き離す。

「だから、それじゃ、角太郎が喋れねえって言ってんだろうが。角太郎。おめえも八五郎さんの側から離れろ」

角太郎は、ポロポロと涙を溢した。

「角太郎、おめえ何を我慢してる。全部言っちまえ。おめえはしょうもねえ悪ガキだが、本物の馬鹿じゃねえ」

万造はそう言うと、深く息を吐いた。

「それだけじゃあねえだろう。……おめえ。どうして奉公先の番頭を殴った。その理由を、ちゃんとお世津さんに言ったのか」

角太郎は、万造に食ってかかった。

「そんなことを、おっかさんに言えるわけがねえだろう」

万造は、呟くように――。

「番頭も、おめえのおっかさんを悪く言いやがったのか」

八五郎の目にも涙が浮かんでくる。

「角太郎。おめえは間違っちゃいねえ。そんな野郎は、おれだってぶん殴ってらあ。呼んできやがれ」

お栄が、お染の袖を引っ張る。

「話がどんどん、違う方向に進んでますよ。どうするんですか、お染さん」

お世津は涙を拭う。

「それじゃ、角太郎。お前はあたしのせいで……」

「おっかさん。ごめんよ、心配かけて……」

お世津と角太郎は抱き合った。

「おっかさん」

「角太郎」

一同は母子の姿に涙を流す。

「あのう……」

声を発したのは作吉だ。八五郎は目頭をおさえながら――。

「うるせえなあ。今、いいところなんだからよ。何か用でもあるのかい」

作吉は遠慮がちに答える。

「あの……。私のおっかさんの話はどうなったんでしょうか……」

作吉の存在を忘れていた一同は我に返る。松吉は慌てて角太郎とお世津を引き剝がす。

「お世津、じゃねえ、お、お関さん。すまねえが、作吉の方もよろしく頼まあ」

お世津は作吉の前に戻る。

「ご……、き……、こ……」

「〝ごめんね。急に声が出るようになってしまって〟と言ってます……って、こりゃ、もう通じねえなあ」

お染は作吉の前に立って頭を下げる。

「作吉さん。そういうわけで、この人は作吉さんのおっかさんじゃないんだよ。騙して申し訳ありませんでした」

八五郎は両手をついた。

「すまねえ。勘弁してくれ。みんな、この万造と松吉が考えたことなんでえ」

万造と松吉はその場でひっくり返る。

「冗談じゃねえぜ」

「勘弁してほしいのは、こっちの方でえ」

お栄が割って入る。

「作吉さん。これだけは信じて。みんな、一生懸命に作吉さんのおっかさんを捜したの。四方八方に手を尽くして捜したの。でも、おっかさんは見つからなかった。だけどね、作吉さんが江戸を発つ前に、どうしても会わせてあげたかった。

会わせてあげたかったの。本当に、ごめん……、なさい。ごめん……」

お栄の顔は涙でくしゃくしゃだ。松吉は優しくお栄の肩を抱いた。

「もういいよ。もういいんだ、お栄ちゃん」

お染は大きく息を吐いた。

「こうなったら、すべて本当のことを話すしかないねえ。聞いてくれるかい、作吉さん」

作吉は頷いた。

「一刻ほど前のことさ。作吉さんのおっかさんが見つからなくて途方に暮れていたとき、お升婆さんという女(ひと)が訪ねてきてねえ……」

お染は近くの樽に腰を下ろした。

四

お升は、お栄が差し出した茶を啜った。

「最初に言っちまうが、作吉は三次郎さんとお関さんの子じゃないんだよ」

一同は言葉を失う。

「あたしは三次郎さんと同じ横山町の長屋に住んでいてねえ。三次郎さんが三年間、江戸でお店の仕事をするってことは、話に聞いていた。三次郎さんが長屋に住んでから、半年ほどたったころかねえ。お関さんが一緒に暮らしはじめたのは……」

お染が、お升の茶碗に茶を足す。

「二人はどんな経緯(いきさつ)で一緒に暮らしはじめたんですか」

「さあ。男と女のことだから、詳しいことはわからねえ。ただ、訳ありの女(ひと)だったことは間違いねえな。長屋じゃ、どこぞの岡場所(おかばしょ)から足抜けしてきたとか、亭主から逃げてきたとか、そんな話になっていたねえ。お関さんは、外に出ることがほとんどなかった。目立ちたくなかったんだろうよ。だから、長屋の人別帳(にんべつちょう)にお関さんは載っていなかった。大家(おおや)や住人たちも知らぬふりをしてたってわけさ」

みんなが知りたいのは、どうして三次郎が作吉の父親になったかだ。

「三次郎さんの隣に若い夫婦が住んでいてね。亭主は博打(ばくち)好きで、女房は酒好きでね。まったくどうしようもない夫婦だった。この二人が方々に借金を作って、夜逃げをしちまった。貧乏長屋じゃ、よくある話さ。だが、始末が悪いのは、赤ん坊を置いて逃げちまったってことだね」

お栄が独り言のように呟く。

「その赤ん坊が……」

「そうさ。作吉だよ」

お染も独り言のように呟く。

「その作吉を三次郎さんが引き取った……」

「そうだよ。もちろん、面倒はお関さんがみていたがね」

「三次郎さんは慈悲深い人だったんですね」

「確かに、三次郎さんは情け深い人だったが、それよりも、赤ん坊の面倒をみさせることが、お関さんにとって、よいことだと思ったんだろうよ」

お升は茶を啜る。

「そうやって、赤ん坊を育てていりゃ、情も移らあね。三次郎さんが三河に帰ることになってね。困ったのは作吉のことさ。本当なら、お関さんと作吉を連れて帰ればいいんだが、確か……」

お升は目を閉じた。

「もう、二十年近くも前のことだからねえ、あたしもよくは覚えていない。確か、お関さんの人別帳だか手形(てがた)だか忘れたが、用意できなかったみてえだ。訳ありの女(ひと)だったからねえ。だから、三次郎さんが、作吉を三河に連れて帰ることになったんだ」

「お関さんは、それからどうなったんでしょうか」

「さあ。知らねえなあ。その後、あたしは本所の北森下町の長屋に引っ越したんだが、四年ほど前かね、長屋の近くでばったり、お関さんに出くわしてね。近くの長屋に住んでるって言ってた。二、三か月して、お関さんの住んでいる長屋を訪ねたら、半月前に死んだって聞かされて驚いた。お関さんは長屋の住人たちとは付き合いもなく、一人で暮らしていたそうだが、近ごろ見かけないってんで、大家が中に入ったら死んでいたそうだ。病死(やみじに)のようだがね。なんだか影の薄い女だったからねえ。あたしが知ってるのはそれだけさ」

お升はゆっくり立ち上がると、三祐から出ていった。

話を聞き終えた作吉は、何も言わずに黙っている。

「これが、あたしたちが聞いた話。何も足していないし、引いてもいない。こんな話を作吉さんにしたくはなかったよ。たとえ嘘のおっかさんでも、おっかさんの温もりを味わってから、江戸を発たせてやりたかった」

お染は唇を噛んだ。

「やっぱり罰が当たったんだねえ。こんなことを神様が許してくれるわけがないよ」

角太郎が立ち上がって頭を下げた。

「ごめん。おいらのせいで」

お栄が涙目で微笑んだ。

「角太郎が悪いんじゃないよ。だれも悪くなんかないんだよ。みんなも、お世津さんも、三次郎さんも、お関さんも……」

万造が口を開いた。

「三次郎さんは、作吉を連れて三河に帰（けえ）ってからも所帯（しょてえ）を持つことはなかったんだろう。お関さんのことを思っていたからじゃねえかな。そして、作吉のことも本当の子供だと思っていた。三次郎さんとお関さんに、どんな事情があったのかは知らねえ。どうにもならねえことなんざ、だれにだってあらあ。親がだれかだなんて、どうでもいいじゃねえか。自分のことを心から思ってくれる人がいるならよ」

　捨て子だった万造の言葉には重みがある。

「そうだな。万ちゃんの言う通りでえ。なあ、八五郎さん」

「ああ。角太郎にもいい勉強になったみてえだぜ。少しはお世津さんの気持ちがわかっただろうからな」

　万造は鼻から息を吐く。

「八五郎さんよ。冗談じゃねえぜ。聞いたふうなことを抜かしやがって。何にもしてねえくせによ」

　作吉が立ち上がった。

「みなさん。ありがとうございます。でも、みなさんの話は作り話だと思います。やっぱり、私のおっかさんはお世津さんだと思います。そうですよね、お世津さん。お世津さんが私のおっかさんですよね」

お世津は作吉の顔を見つめた。

「作吉さん……」

「みなさんもそう思いませんか。お世津さんが私のおっかさんですよね」

お染とお栄の表情は明るくなる。

「そ、そうだよ。あたしもそんな気がしてきたよ」

「角太郎。あんたもそう思うでしょ」

角太郎は顔をしかめる。

「仕方ねえ、明日の朝までなら……」

万造と松吉が同時に角太郎の頭を殴った。

「い、痛え」

みんなが笑った。

「それじゃ、作吉の門出を祝って酒盛りといこうじゃねえか。今日は、この八五郎様の奢りでえ。遠慮しねえでやってくんな」

万造と松吉は呆れ顔だ。

「まったく、おめでたい人だぜ。てめえが話をまとめたつもりでいやがる」

「まあ、いいじゃねえか。金は出すって言ってるんだからよ」

厨から晋助が顔を出した。

「お栄。酒代は先にもらっておくんだぞ」

宴席は半刻（一時間）前とは打って変わって和やかなものになった。お世津は作吉のことを〝作吉〟と呼び捨てにしている。

「作吉。薩摩に行ったら、商いに精を出すんだよ」

「おっかさん、わかってますよ」

「薩摩は遠いところなんだろうねえ」

「西の端まで歩いて、船に乗って、そこから南に歩いて……。江戸からだと、ひと月はかかると思います。おっかさんにも来てほしいけどなあ」

宴もたけなわを迎えたころ、作吉は膝を正した。

「みなさんのことは決して忘れません」

作吉は、お世津の手を両手で握り締めた。

「おっかさん。いつまでも元気でいてくださいよ。角太郎さん。おっかさんのことを頼みましたよ。おっかさんを悲しませるようなことをしたら、私が許しませんからね」

作吉の頬に涙が伝った。

翌朝――。

旅支度をした作吉は、旅籠の前に立った。東の空が淡い紅をさしたように、うっすらと色づく。「お江戸日本橋七ツ立ち」といって、旅人はこの刻限に旅立つのだ。

「作吉……」

柳の陰に立っているのは、お世津だ。

「おっかさん、来てくれたんですか」

お世津は、ぼろ切れのようになった紫色の御守を、作吉に握らせた。

「この御守はね、物心がついてから、あたしが肌身離さず身につけていたもんだ。これを持っていっておくれ。そうしてくれれば、あたしはいつまでも作吉と一緒にいられる」

作吉はその御守を見つめると、懐にしまった。

「おっかさん……。お元気で。私は振り向きませんよ。辛くなるだけですから。さようなら。おっかさん……」

作吉はそう言うと背を向けて歩き出した。お世津はその背中が見えなくなるまで、そこに立ち続けた。

二ツ目之橋を渡る万造と松吉。

「作吉はどのあたりまで行ったかな」

「さあ。箱根(はこね)の山を越えて、三島(みしま)か沼津(ぬまづ)ってとこじゃねえか」

「しかし、大変(てえへん)な騒動に巻き込まれたもんだぜ」

「おっ」

向こうから歩いてくるのは角太郎だ。着物姿で小脇に風呂敷包みを抱えている。

「どうしたんでえ、その形(なり)は。名代(なでえ)の馬鹿息子には見えねえが」

角太郎は照れ臭そうに首筋を掻(か)いた。

「飛び出したお店に行って、頭を下げました。番頭さんも、私も悪かった、と。……それで、もう一度、奉公させていただけることになったんです」

「聞いたかよ、万ちゃん。いただけることに、ときやがったぜ」

「角太郎よ。おめえもつまらねえ男になりやがったなあ。どんな、ろくでなしになるのか楽しみにしてたのによ」

角太郎は笑った。

「あなた方が教えてくれたんです。このままでは、万造さんや松吉さんのようになってしまいますからね。おっかさんを泣かせるわけにはいきません」

「なんだと、この野郎」

万造と松吉の拳を巧(たく)みにかわす角太郎。

「何度も同じ手は食いませんよ。それじゃ……」

背筋を伸ばして歩く角太郎は、少し大人になったように見えた。

「一本とられたねえ。万松のお二人さん」

振り返ると、そこに立っているのはお染だ。

「三祐に行くんだろ。付き合うよ。角太郎の門出も祝ってやらないとね」

お染は歩き出す。

「おい、ちょいと待ってくれよ。金はねえぞ」

「奢ってくれるんだろうな」

万造と松吉は、軽い足取りでお染を追いかけた。

本所おけら長屋（十七）　その弐

はんぶん

一

おけら長屋の井戸端で世間話に花を咲かせているのは、お里、お咲、お奈津、お染の四人だ。

お咲は、まだ土のついた大根を片手で持ち上げた。

「この大根は太いねえ」

「でも、お咲さんの腕よりは細いですよ」

「お奈っちゃん。あんた、いつもひと言多いんだよ」

「すいません。根が正直なもんで」

「ほら。またひと言多い」

お咲とお奈津の万松のような掛け合いに、お里とお染は大笑いする。

「それにしても、金太さんはいつも上等な大根を仕入れてきますよね」

お奈津の言葉に、お里は頷く。

「金太さんは、みんなに面倒をみてもらえるからねえ」

「ついでにお嫁さんの面倒もみてもらえないですかね」

お咲は大根を洗う手を止めた。

「金太さんが、お嫁さんねえ……。それにしてもさ、この長屋には独り者の男が多いねえ。魚辰さんだろ。万造さんに松吉さん」

お里は少し考えてから――。

「魚辰さんは真面目だからねえ。酒もほとんど呑まないし、博打にも手を出さない。女っ気もまるでないみたいだしさ。嫁さんはまだまだ先の話だろうね」

お咲はまた大根を洗い出す。

「万松の二人と一緒になって悪い遊びをしないだけマシさ」

お里は小さな溜息をつく。

「あたしは、早く万松の二人に所帯を持ってほしいよ。うちの人はあの二人に引っ張られて、酒だ博打だって……」

「八五郎さんが引っ張ってるって噂もありますけど」

「お奈っちゃん。あんた、本当にひと言多いんだよ」

また、みんなが笑った。

「すいません。でも、万造さんの噂は耳にしますよ。聖庵堂のお満先生とできて……、いや、怪しいって」

お咲はまた手を止める。

「仲がいいのは本当だろうけど、所帯を持つってことはないだろ。なにせ、お満先生は江戸でも指折りの大店、木田屋の娘だよ。いくらなんでも釣り合いがとれないよ」

万造とお満が一緒になってくれることを願っているお染は、口を挟みたくなる。

「木田屋の旦那は家柄や育ちで、お満さんの婿を選ぶ人じゃないよ。お満さんが選んだ男を認めるはずさ」

「そうかもしれないけど、格が違いすぎるよ。その点、釣り合いがとれてるのが、松吉さんと、三祐のお栄ちゃんだよね」

「あの二人も怪しいって噂ですよね。この前も、二ツ目之橋の袂で話し込んでたし……。あれは、何かあるなあ。何もないってことはないなあ……」

お里が、割り込む。

「だれでもいいから、あの二人が落ち着けば、それでいいんだよ。でもさ、この長屋で独り者っていえば、まだほかにもいるじゃないか。島田の旦那に、お染さん。それから、お律さん。大家さんだって独り身だからね」

お染は笑う。

「あたしはもう所帯なんか持つ歳じゃないから」

お奈津は頭を振る。

「そんなことないですよ。お染さんは、女のあたしが見ても色っぽいと思うし。お里さんやお咲さんと比べたら、十は若く見えますから」

「お奈っちゃん。いい加減にしなさいよ」

「ごめんなさい。お染さんが若く見えるんじゃなくて、お里さんとお咲さんが老けて見えるんですよね」

「お奈っちゃん。あんたいつからそんな毒を吐くようになったんだい」

お里とお咲から責められたお奈津は、話題を変える。

「そういえば最近、島田の旦那を見かけませんよね」

お里はすぐ新しい話題に乗せられる。

「お奈っちゃん、知らないのかい。旦那はね、しばらく前から、蔵前片町にある廻船問屋、戸田屋に泊まり込んでるのさ」

「廻船問屋っていうと、蔵にお金がどっさり入ることがあるから、その用心棒ですかね」

「まあ、そんなところじゃないのかい」

お咲が意味ありげな笑い方をする。

「何ですか、お咲さん」

「あんたたち、知ってるかい。戸田屋さんはね、旦那さんが亡くなって、後家さんが商いを取り仕切ってるそうだよ」

「旦那さんがいないんですか……。それじゃ、用心棒がいないと不安ですよねえ。島田の旦那がいれば百人力ですよ」

お咲は少しの間をおく。

「お奈っちゃん。あんたはまだまだ子供だねえ」

「どういうことですか」

「その、後家さんっていうのは、まだ三十路を越えたばかりの女盛りだそうだ。しかも器量がいいって評判だよ。島田の旦那は戸田屋に泊まり込んでるんだろう。旦那だって男だよ。そんな男と女がひとつ屋根の下で一緒にいたらさ……。うふ、うふふふ……」

お染にとっては穏やかに聞ける話ではない。

「廻船問屋っていえば、奉公人がたくさんいるんだろう。旦那と二人っきりってわけじゃないんだから」

「そんなことは、わからないよ」

お咲は戸田屋の後家になったつもりで、お奈津に語りかける。

「島田様〜。しばらく番頭さんが蔵の番をしますから、こちらで呑んでくださいな」

察しのよいお奈津は、鉄斎の真似をして鼻の頭を掻く。

「いや、私は用心棒として雇われている身ですから」

「そんな堅いことをおっしゃらずに。ちょうど燗がついたところなんですよ」

「そうですか。それではお言葉に甘えて……」

「島田様〜。私の話を聞いてくださいますか。私ね……、亭主に先立たれて寂しいと思うことがあるんですよ」

「わかります。あなたはまだお若いですから、それに美しい」

お咲とお奈津は見つめ合う。

「旦那……」

「女将さん……」

二人は抱き合う。お染は呆れる。

「馬鹿馬鹿しい。旦那に限ってそんなことはありません」

お里が割って入る。

「よしなよ。お染さんをからかうのは」

今度はお染が、お里に食ってかかる。

「お里さん。〝からかう〟ってどういうことだい。それじゃまるで、あたしが妬いてるみたいじゃないの」

「おや、違うのかい」

今度はお咲が割って入る。

「よしなよ。洒落（しゃれ）で言ってるだけなんだから」

「あんたたちがつまらない芝居（しばい）をするからだよ」

井戸端は混乱するばかりだ。

松井町（まついちょう）にある酒場、三祐で万造と八五郎が呑んでいると、遅れてやってきたのは松吉だ。

松吉は腰を下ろしてから、何も喋（しゃべ）らずにいる。

「松ちゃん。どうしたんでえ」

松吉は、店にお栄がいないことを見定めてから口を開いた。

「ここだけの話にしといてもらいてえ。特に八五郎さんよ。お里さんに喋ろうものなら、あっという間に話は広がる。いいな」

八五郎は松吉に酒を注（つ）いだ。

「ふざけるねえ、と言いてえところだが、その通りだから仕方ねえ」

松吉はその酒を呑まずに、猪口を置いた。

「鉄斎の旦那が廻船問屋で用心棒をやってる話は知ってるだろ」

「ああ。確か戸田屋とかいったな」

「そうでえ。今日、蔵前にある得意先に酒を納めに行って、小耳に挟んだんだが……」

松吉はここで酒を舐めるようにして呑んだ。

「その戸田屋は、主が病で死んじまって、商えは後家が取り仕切っているそうでえ」

万造も酒を呑んだ。

「番頭じゃなくて、後家さんがねえ」

「その後家さんだが、歳は三十でこぼこ。小股が切れ上がった小粋な女だってこった」

「おお。面白そうな話じゃねえか」

「馬鹿野郎。話はこれからでえ。その後家さんが……」

八五郎は「ど、どうしたんでえ」と身を乗り出す。

「聞いて驚くな」

「早く言いやがれ」

「鉄斎の旦那に惚れちまったそうでえ」

万造と八五郎は静かに猪口を置いた。万造は腕を組む。

「旦那はこのところ連日、戸田屋に泊まり込んでるんだろ。考えられねえ話じゃねえな」

八五郎は松吉に酒を注ぐ。

「その後家が、旦那に惚れたってことはわかった。で、旦那の方はどうなんでえ。ま、まさか、もう、デキちまったとか……」

松吉はその酒を呑み干した。

「そこまではわからねえ。だが、その後家さんと寄り添うようにして歩いていたってえから、旦那もまんざらじゃねえのかもしれねえな。おれが聞いたところじゃ、その後家は、鉄斎の旦那に婿入りしてほしいと思ってるそうだ」

「む、婿入りだと〜」

「八五郎さん。何を驚いてるんでえ。旦那が嫁入りできるわけがねえだろう」

「そりゃ、そうだけどよ。驚くじゃねえか」

万造は落ち着いている。

「何も驚くような話じゃねえだろう。旦那はあれだけの人柄でえ。様子だって悪かねえ。頭も切れる。しかも剣の達人だ。その後家さんが惚れるのも無理はねえ。おれだって女なら惚れてらあ」

松吉は頷く。

「だが、浪々(ろうろう)の身とはいえ、旦那は武士だぜ」

「仕官するつもりなんざ、さらさらねえだろうよ。もう、武士なんざ捨てたも同然じゃねえか。おれは鉄斎の旦那が大好きでえ。死ぬまでこの長屋で一緒に暮らしてえ。松ちゃんや八五郎さんだってそう思ってるだろ。おれたちだけじゃねえ。おけら長屋の連中は、みんながそう思ってる。だがよ……」

万造は酒をゆっくりと呑んだ。

「あれほどの人物を、こんな汚え(きたね)長屋に置いといていいのかよ。いいわけがねえ。考えてみりゃ、おれたちは今まで、旦那に甘えて暮らしてきたんだ。八五郎さんなんか、旦那がいなかったら、もうこの世にはいねえはずだ」

「おれだけじゃねえだろう。おめえたちだって……」

「旦那は廻船問屋の主になったって立派にやっていける人だぜ。そうは思わねえか、松ちゃんよ」

松吉は寂しそうな表情(かお)で酒を呑んだ。

「辛(つれ)えが、万ちゃんの言う通りでえ。ここはひとつ、ぐっと堪(こら)えて、旦那の背中を押してやるのが、おれたちの役目なのかもしれねえな」

万造はしみじみと——。

「旦那が幸せになるんだ。嬉しさ半分、寂しさ半分ってとこだな」

「半分半分か……。おれは、やっぱり寂しい。寂しいぜ……」

八五郎は涙ぐむと、鼻を啜(すす)った。

二

ひと月ほど前——。
火付盗賊改方筆頭与力(ひつけとうぞくあらためかたひっとうよりき)の根本伝三郎(ねもとでんざぶろう)に呼び出された島田鉄斎は、伝三郎の役(やく)

宅を訪ねた。

「すまん、鉄さん。目立つことをしたくなかったので、わざわざ来てもらうことにしたのだ」

剣術道場誠剣塾で共に汗を流す根本伝三郎と鉄斎は、信頼し合う仲である。

鉄斎は伝三郎の言葉を待った。

「どうせ、また厄介なことを頼まれると思いながら来たと思うのだが……」

「違うのですか」

「じつは……、その通りなのだ」

伝三郎は大声で笑った。

「暇を持て余している浪々の身です。何なりとお申しつけください」

鉄斎が大仰に頭を下げると、伝三郎は苦笑いを浮かべる。

「鉄さん。いつからそんな嫌味な物言いができるようになったんだ。頼みにくくなる」

今度は鉄斎が笑った。

「それで、用件というのは……」

伝三郎は「うむ」と小さく頷いてから茶を啜った。

「蔵前片町に戸田屋という廻船問屋があってな。主の卯平は、幼いころからの付き合いで、弟同然の男だった」

「――だった、と言いますと……」

「一年前、流行り病であっけなく死んでしまった。まだ四十前だったのにな」

目を閉じた伝三郎は、瞼の裏に卯平の顔が浮かんだのか、少し寂しげな表情をした。

「卯平には跡取りがなく、商いは今、後家のお多江が取り仕切っている」

「戸田屋という名は耳にしたことがあります。番頭もいるでしょうに、嫁という立場だった者が商いを取り仕切るとは、そのお多江さん、なかなかの人物のようですなあ」

伝三郎は頷いた。

「ああ。そのまま後家にしておくのはもったいないような人だ。卯平の下で商いのこともしっかりと学んでいたし、奉公人たちからの信頼も厚い。戸田屋の商いも立派にやっていけるだろう」

伝三郎は心持ち口調を変えた。

「そのお多江から文があり、内々でおれに話したいことがあるという。なかなか器量のよい女なので、おれも、もしやと思い、胸をときめかせたのだが、そう甘くはなかった」

伝三郎は自らの物言いが気に入ったのか、満足げに笑った。

「じつは、命を狙われていると言うのだ」

「お多江さんがですか」

「そうだ。二十日ほど前、雨が降る昼下がりだったそうだが、寺の石段を下りようとしたとき、だれかに背中を押されたそうだ。運よく尻餅をつくような恰好になったので、大事には至らなかったそうだが、転げ落ちていたら、怪我どころでは済まなかったかもしれぬ」

「お多江さんは一人だったのですか」

「うむ。もし石段から落ちて命を落とすようなことになれば、濡れた石畳で足を滑らせたということになったであろうな」

「だれが背中を押したかは……」

「それどころではなかっただろう。だが、走り去る足音ははっきり聞こえたそうだ。そして十日ほど前には……」

伝三郎は茶を啜った。

「端唄の稽古の帰りに奉公人の小女と歩いていたら、屋根から瓦が落ちてきたそうだ。瓦は足下に落ちたが、もし頭に当たっていたら死んでいたかもしれん。お多江は屋根の上に人影を見たと言っている。その屋根を調べたところ、瓦が一枚、外されていた。明らかに人の手によって外されたものだ」

鉄斎は腕を組んだ。

「一度ならまだしも、二度となると、命を狙われていると考えてよいのでしょうな。お多江さんは、だれかから恨みをかっているのでしょうか」

「じつは、下手人の目星はついているのだ」

「ほう」

「戸田屋には跡取りがいない」

「つまり、お多江さんが婿でもとろうものなら、卯平さんの血筋からすれば、戸田屋を乗っ取られることになる」

「さすがは鉄さん。察しがいいな」

「つまり、お多江さんがいなくなれば、戸田屋の主に収まることができる者、ということになりますな」

「卯平には弟がいる。鶴之助といって、今は神田にある遠縁の店で番頭をしている。卯平が亡くなったときも、通夜の席で戸田屋は自分が継ぐのが筋だと言い張ったそうだ」

「その鶴之助という男の言い分にも一理あると思います。むしろ、嫁にきた者が店の身代を受け継ぐことの方が珍しいでしょう」

「お多江が、どこの馬の骨ともわからない女だったらな。だが、お多江は先代の姪で、卯平の従妹にあたる。通夜の席には親族たちも顔を揃えていたが、親族の長老は鶴之助の跡目を認めず、親族たちも長老の考えに同調した。鶴之助は若いころから素行が悪かった。今は、戸田屋の次男ということもあり、遠縁の店の番頭に収まってはいるが、評判はよくない」

「それなら納得ができます」

「長老は通夜の席でこう言ったそうだ。多江にはいずれ、親族が認める婿、または養子をとらせる。だが、卯平が亡くなったばかりの席で、そのような話をするのは酷だろう。しばらくは、お多江に商いを任せ、しかるべきときがきたら、親族一同で話し合うものとする、とな。だが、お多江がいなくなれば、やはり、鶴之助の名が浮上することになるだろう」

「なるほど」

「鶴之助が下手人だという証は何もない。そこで鉄さんに、金蔵の用心棒という形で戸田屋に入ってもらいたいのだ」

「私にですか」

「鉄さんに頼むのには二つの狙いがある。ひとつは、お多江の身を守ってほしいからだ。剣豪、島田鉄斎。これ以上の役者はおるまい。そしてもうひとつ。此度の件は、本来火盗改の支配ではないから、手隙の密偵に密かに動いてもらっているが、どうも決め手が足りない。ぜひとも鉄さんに手助けをしてほしいのだ。それに見慣れぬ者が戸田屋の周りでうろうろしていては、下手人が動かなくなるかもしれん。油断させないとな。なーに、目星はついているのだがら、それほど手間はかかるまい」

伝三郎は大仰に両手をついた。

「草葉の陰から、おれに手を合わせて頼む卯平の声が聞こえてくるのだ。力を貸してもらいたい」

「根本さん。いつそのような猿芝居を覚えたのですか。それで、お多江さんは、私が戸田屋に入ることを納得しているのでしょうね」

「おお。やってくれるか。もちろん話してある。お多江にだけだがな。鉄さんがどのような形でおれとつなぎをつけるかは、しばらく様子を見てから決めよう」

鉄斎はしばらく考えてから――。

「寺の石段……。落ちてきた瓦……。戸田屋の中に下手人とつながっている者がいるかもしれません。お多江さんがどこに行くかを知らなければできぬ所業ですからな。そのあたりのことも探ってみましょう」

「それから……」

伝三郎は両手を上げた。

「戸田屋からは用心棒の手当が出るそうだ。ケチなことは言わずに弾んでほしいと念を押しておいた」

「それはありがたい」

鉄斎は組んでいた手を解き、大仰に両手をついた。


二日後、鉄斎は金蔵の用心棒として戸田屋に入った。

「多江と申します。この度は申し訳ございません」

噂通り、お多江は器量がよいだけではなく、物腰がやわらかく、品のある女だった。

「島田鉄斎と申す。子細は根本伝三郎殿から聞いております。とりあえずは、外に出ないでいただきたい。特に一人では。よろしいですね。店の中で命を狙われることはまずないでしょう。店の中に下手人がいるとわかってしまいますから」

お多江は頷いた。

「襲われた二度の出来事をだれかに話しましたか」

「いえ、だれにも話しておりません。特に店の者たちには心配させたくありませんから。お話ししたのは根本様だけです」

「それは都合がよい。周りの者たちが知ってしまうと、下手人は手を出しにくくなります」

「ただ……」

鉄斎はお多江の言葉を待った。

「お優だけは、屋根から瓦が落ちてきたときに、一緒にいましたから。ですが、寺の一件はお優にも話していません」

「お優さんというのは、先ほどお茶を出してくれた娘さんですか」

鉄斎は、まだ幼さの残るぷっくりとした手で、おどおどしながらお茶を運んでくれた小女を思い浮かべた。

お多江の表情が、少し和らいだ。

「はい。あの子がお優です。九つで奉公に来てから、いつも側に置くようにしています。素直で優しい子で」

「可愛がっておられるようですな」

「ええ、お店の子たちは同じくらい可愛いのですけど、お優は少しだけ特別なんです。要領が悪くて、失敗ばかりする子でね。でも頑張り屋さんで……」

お多江はきまりが悪いような表情をすると、ふっと微笑んだ。

「……私、子どもがいないでしょう。でもじつは、生まれてひと月もたたずに、死んでしまった子がいるんです。女の子でしてね。お優と同い年で、生きていれば今年十三になります。あの子も生きていたら、お優のように素直で可愛い子だったんじゃないかって、思ってしまって」

鉄斎は、お多江の心のうちを垣間見たような気がした。女主人として気丈に努めているが、優しくて弱い部分もある女性なのだ、と。

「お優は、いつも心を込めて仕えてくれています。頼りになる子です。ただ、優しすぎるのが心配でね。自分の食事も、お腹をすかせた丁稚にあげてしまったりするもんですから、気を付けてあげないと」

鉄斎はしばらく考えてから――。

「御蔵前の路地に荒井屋という菓子屋があります。末松という男が一人で商いをしている小さな店です。そこが根本殿とのつなぎの場所になっています。私では目立つので、何かあったときには、そのお優さんに文を届けてもらいましょう。十三の娘さんなら、菓子屋に出入りしても不思議はありませんからね。ただし、お優さんにも命を狙われていることは話さないでください。怖がらせるのはかわいそうです」

「ええ。瓦が落ちてきた後は、すっかり怯えてしまって……」

「無理もないことです」

鉄斎はそれから、番頭、手代、丁稚、女中など、戸田屋に奉公する者や、出入りの者たちのことを詳しく訊いた。奥間から出てこないお多江と鉄斎。戸田屋では、今までにも金蔵を守る用心棒を雇ったことはあるが、このようなことはなかった。奉公人の中には二人の仲を噂する者もいた。

鉄斎は回向院の近くにある蕎麦屋で根本伝三郎と会った。

「どうだ、鉄さん。乙な後家さんとの暮らしは」

「悪くはありません」

「羨ましい限りだ。ところで、お多江は……」

「たまには外に出ないと気持ちも滅入ってしまうでしょうから、幼馴染みの家に送り届けてきました。大丈夫です。だれにも気づかれないように裏口から出ました。また、夕刻に私が迎えに行くことになっています」

「なるほど。それで、戸田屋は……」

鉄斎は伝三郎の言葉を遮るように――。

「戸田屋の奉公人をそれとなく探ってみましたが、お多江さんのことを売りそうな者はいません。ただ……」

鉄斎は猪口の酒を呑んだ。

「庄吉という二番番頭がいます。奉公人の中では一番の古株ですが、一番番頭は種平という男です」

「つまり、庄吉は種平に出世で先を越されたということか」

「そうです。種平を一番番頭にしたのは、亡くなった卯平さんのようですが」

「庄吉は不満だろうな」

「ええ。酒が入ると必ず恨みつらみが出るそうですから」

伝三郎はしばらく黙っていたが――。

「できすぎた話かもしれんが……。鶴之助が庄吉をそそのかしたとも考えられるな。お多江がいなくなり、自分が戸田屋の主に収まったときには、庄吉を一番番頭にするとな」

　鉄斎は頷いた。

「庄吉ならお多江さんが、いつ、どこに行くかを知ることはできるでしょう。それを鶴之助に伝える。もちろん、手を下したのは鶴之助ではないと思いますが」

「庄吉に鎌をかけてみるか。当たりなら、この一件は容易くカタがつく」

「やってみましょう。事の次第は、菓子屋の末松につなぎをつけます」

　根本伝三郎と別れた鉄斎は、無性に万造や松吉の顔が見たくなり、酒場三祐の暖簾を潜ってみた。だが、そこにおけら長屋の連中はいない。鉄斎はその足で、おけら長屋の松吉宅を覗いてみることにした。


　松吉の家で、五合徳利を真ん中に丸くなっているのは万造、松吉、八五郎の三人だ。万造は松吉の湯飲み茶碗に酒を注ぐ。

「その後、蔵前界隈での噂は耳にしねえのかい」

　松吉はその酒を呑む前に――。

「ああ。耳にしねえどころの騒ぎじゃねえ。耳に入（へえ）りっぱなしよ」

八五郎は湯飲み茶碗を置いた。

「どういうことでえ」

「戸田屋の後家さんは、鉄斎の旦那を本気で婿にする気になったみてえだ」

「そ、それで松吉。鉄斎の旦那はどうなんでえ。旦那もその気になっちまったのか」

「そいつはわからねえ。だがよ、後家さんのいる奥間に二人だけでいることも多いそうでえ。金蔵の用心棒なら、そんなこたあしねえだろうよ。それに、二人連れだって歩いてるのを、見かけるってこった。旦那だって、まんざらじゃねえってことだろうよ」

万造は唸（うな）る。

「うーん。こいつはいよいよ、お染さんの耳には入れられねえなあ」

八五郎はきょとんとする。

「なんで、お染さんの耳には入れられねえんだ」

万造は呆れる。

「まったく、鈍いってえか、おめでたいってえか……」

　松吉は酒を呑んだ。

「だがよ、この話はおけら長屋の女連中にも届いてるはずだ。お咲さんは蔵前に知り合いが多いからな。お咲さんが、お里さんに話すと危ねえ。お里さんなら、何にも考えずに、お染さんに話しちまうかもしれねえ」

　万造は表情をしかめる。

「夫婦揃って何もわかっちゃいねえからな」

　八五郎は湯飲み茶碗を叩きつけるように置いた。

「おれとお里が何だってんだ。はっきり言いやがれ」

　万造は表情をしかめたままだ。

「八五郎さんは何も知らなくていいんでえ。知ったところで、またぞろ話がややこしくなるだけだからよ。なあ、松ちゃん」

「ああ。今はお染さんのことより、鉄斎の旦那だ。旦那はおれたちに言いにくいんじゃねえのかなあ。何って、戸田屋の入り婿になるってことをよ。何だか、自分だけいい暮らしをするみてえな気になっちまってよ」

「それだけじゃねえ。旦那のことだ。おれたちを裏切るみてえな気になってるんだろうよ。女どもは何と言うか知らねえが、おれたちだけでも、旦那を笑って送り出してやろうじゃねえか。いくら八五郎さんでも、そのくれえのこたあ、わかるだろう」

「ああ。わかってらあ。だけど、辛(つれ)えなあ。旦那と別れるのはよ」

八五郎は涙ぐむ。

「何をガキみてえなことを言ってやがる。蔵前なんざ、両国橋(りょうごくばし)を渡ってすぐじゃねえか。いつでも会いに行けらあ」

「万造。おめえだって目が赤(あけ)えぜ」

引き戸が開いた。

「おっ。やってるな」

顔を覗かせたのは鉄斎だ。

「だ、旦那」

三人は同時に声を上げた。

「どうやら、人に言えない相談の真っ最中だったようだな。博打かな、それとも女郎買いかな」

万造は作り笑いを浮かべる。

「まあ、そんなとこでさあ。さあ、こっちに上がって一杯やってくだせえ」

「これから、用心棒の仕事で戸田屋に戻らなくてはならんのだが……。みんなの顔を見るのも久しぶりだからな。少しだけいただくとするか」

鉄斎は輪の中に入って、酒の入った湯飲み茶碗を合わせた。

「旦那。どうですかい、戸田屋での用心棒暮らしは」

「気楽なものだ。汗を流すこともなく、金蔵の番をしていれば金がもらえるのだからな。こんな暮らしが続けばよいのだが。だが、こうしておけら長屋のみんなと酒を酌み交わせないのは寂しい……。ど、どうしたんだ、八五郎さん」

八五郎の目には涙が浮かんでいる。

「な、何でもねえんでさあ。ちょいと目にゴミが入りやしてね」

松吉は大袈裟に笑う。

「わははは。そんな小さな目に入るなんざ、間抜けなゴミだぜ」

万造は笑いながら――。

「旦那。もし、おれにこんな話がきたら、どう思いますかい。茅場町あたりにある米問屋が、万造さんを養子にほしい。いずれは万造さんをこの店の主にしたいと言ってきたら」

「いきなり、どうしたんだ」

「たとえ話でさあ。おれにそんな話がきたら、旦那はどう思うかと」

鉄斎はしばらく考えてから——。

「おれは、やめてほしいと思う」

「やっぱり、そう思いますかい。そう思ってくれますかい」

万造の目から涙が流れた。

「思う。なぜなら、万造さんが主になったら、その店は間違いなく潰れる」

万造、松吉、八五郎の三人はずっこけた。

「どうしたんだ。万造さんも目にゴミが入ったのか」

万造は涙を拭った。

「ま、まあ、そんなとこでさあ」

松吉は真顔になる。

「万ちゃんはともかくとして、旦那はこんな汚(きたね)え長屋で一生を終える人間じゃねえ。おれたちのことなんざ、気にしねえでほしいんでさあ。旦那には悔(く)いのねえように生きてほしいんでさあ」

　松吉も泣きだした。八五郎は酒をあおる。

「おめえたち。おれに偉そうなことばかり言いやがって。泣くんじゃねえ。おれだって泣きたくなるじゃねえか」

　三人は号泣(ごうきゅう)しだした。

「どうしたんだ、三人して。言ってることがまるでわからん。どうやら、呑みすぎのようだな。喧嘩(けんか)をするよりは泣き上戸(じょうご)の方がよいが、手に負えん。退散した方がよさそうだな」

　鉄斎は苦笑いを浮かべると松吉の家を出た。

　松吉の家を出た鉄斎に声をかけたのは、お染だ。

「旦那。お久しぶりです」

「まるで、何年も会っていないような言い方だな。ほんの数日ではないか」

　笑わせるつもりで言ったのだが、お染の表情(かお)は硬いままだ。

「旦那。何か嬉しいことでもあったんですか。表情が緩んでますよ」

「そうかな。特に何もないが」

「隠さなくたっていいじゃありませんか。水臭いですよ。旦那が幸せになるんだったら、やっかむ人なんて一人もいやしませんよ。もちろん、あたしだって
……」

鉄斎は戸惑う。

「どうしたんだ、お染さん」

「いいんですよ。旦那が話したくないなら、無理には訊きませんから。ちょっと寂しいですけど」

お染は、嫌味な物言いをしてしまった自分に腹が立ったが、気持ちを抑えることができなかった。

三

お多江を岩本町にある幼馴染みの家に迎えに行った鉄斎は、戸田屋まで、お

多江と並んで歩いた。

「歩きながら話すのが一番です。だれに聞かれることもありませんから。根本殿と会ってきました。これから話すことをやっていただきたいのです」

　お多江は立ち止まった。

「お多江さん。歩きながら話しましょう。二番番頭の庄吉さんがいる場所で、庄吉さんに聞こえるように、お優さんに話してほしいのです」

「庄吉の……」

「そうです。明後日（あさって）の八ツ半（午後三時）に待乳山聖天（まつちやましょうでん）にお詣（まい）りに行く。一人で行くので、お優さんは一緒に来なくてよい、と」

「聖天様に……」

「今日、その機会を作れなければ、明日でも明後日でも構いません。無理にその機会を作ることはありません」

「根本様と島田さんは、庄吉が怪しいと思っているのでしょうか」

　鉄斎は、その問いには答えない。

「まあ。とにかく、お多江さんは何も考えずに、私の言う通りにしてください」

待乳山聖天は浅草寺裏手の大川（隅田川）沿いにある。昼下がりになれば浅草寺境内ほどの賑わいはなくなり、人通りも少なくなる。そして、木立ちも多い。お多江を襲うには恰好の場所だ。それは同時に、気づかれずに下手人を取り押さえることができる場所でもある。

翌日の朝、お多江は帳場の床を拭いているお優に声をかけた。すぐ横では庄吉が帳簿に何やら書きつけている。

「お優。明後日の午後……、八ツ半ごろかねえ、私は聖天様にお詣りに行きますから」

「明後日の午後ですか。私もお供いたしますか」

お優には事の子細は話していないので、ぎこちなさは感じられない。

「私一人で行きますから。それでね、その帰りに寄るところがあるので、明後日の昼に亀屋のお団子を買ってきておくれ。お使い物にしますから」

「はい。いつもの箱詰めのお団子でいいですか」

「頼みましたよ」

庄吉は、ただ筆だけを動かしていた。

その半刻（一時間）後、庭で水を撒いているお優に声をかけたのは鉄斎だ。

「お優ちゃんは、よく働くなあ」

お優は額の汗を手の甲で拭った。

「そんなことありません。でも、こうして奉公させていただいているのですから、一生懸命に働かないと」

「お優ちゃんは今日、買い物に行くかい」

「はい。これが終わったら両国橋の近くまで」

「それは、丁度よい。御蔵前の路地を入ったところに荒井屋という菓子屋がある」

「荒井屋さんなら知ってます」

「そこに末松という男がいる。その末松に、これを渡してほしいのだ」

鉄斎は懐から結び文を取り出した。結び文は一度開くと、元のようには結べなくなる。

「荒井屋の末松さんですね」

鉄斎は、結び文と一緒に小銭を握らせた。

「そうだ。それから、少ないがこれは駄賃だ。荒井屋でお菓子を買うといい」

お優の表情(かお)はほころぶ。十三歳といえば、まだ半分子供だ。

「あ、ありがとうございます」

もちろん文には、お多江が待乳山聖天に行く件が書いてある。あとは根本伝三郎に任せればよい。

翌日、鉄斎は勝手口(かってぐち)の陰で、町人に扮(ふん)した火盗改の密偵(てのもの)からつなぎを受け取った。伝三郎からの文である。その文には「委細承知」とだけ書かれていた。

お多江が待乳山聖天に行く日、下手人たちを油断させるため、鉄斎は戸田屋に残ることにした。

待乳山聖天に向かって歩くお多江の後を、つかず離れず歩いているのは町人や職人、物売りなどに姿を変えた密偵たちだ。

伝三郎は人通りが少なくなる浅草寺の裏手から、待乳山聖天の境内などを事前に調べ、下手人がどこからお多江を狙うか、だいたいの見当はつけていた。一度目は石段から突き落とそうとして、二度目は瓦を落とした下手人。三度目は間違いなく、お多江の命を奪う手立てでくるだろうと考えていた。

風呂敷（ふろしき）包みを小脇に抱（かか）えたお多江は、浅草寺の境内を抜け、馬道（うまみち）に差しかかる。

火盗改の密偵たちは、しばらく前から一人の男が、お多江の後をつけていることに気づいていた。だが、それだけで男を取り押さえることはできない。お多江を襲わせなければならないのだ。

お多江は馴染みの小間物屋（こまもの）に立ち寄る。その男は物陰に隠れて、お多江が出てくるのを待った。間違いない。お多江を狙っているのだ。

しばらくしてお多江が小間物屋から出てくると、男はふたたび後をつけだす。

角を左に曲がると、すぐ右側は大川だ。待乳山聖天は小高い丘の上にあり、石段の手前は木立ちに囲まれている。近くに人影は見当たらない。

男はお多江との間を詰める。そして、あたりを見回して、懐に手を入れた。取り出したのは抜身（ぬきみ）の合口（あいくち）だ。男は走りだす。

「後ろだ！」

お多江は小脇に抱えていた風呂敷包みを男の顔に向かって投げつけると、木立ちの中に逃げ込んだ。入れ替わるように、その木々の間から密偵(てのもの)たちが飛び出してくる。

男は密偵たちに囲まれた。もう逃げ場はない。あっという間に男は取り押さえられた。木立ちからは、お多江が出てくる。下手人はその顔を見て——。

「て、てめえは……」

下手人の手を背中で捻(ひね)りあげている密偵が——。

「お目当ての女が、小間物屋ですり替わったとは気づかなかったようだな」

お多江の身を案じた伝三郎は、お多江と同じ着物を着せた火盗改の女密偵(てのもの)を、小間物屋で待たせ、お多江とすり替えることにした。下手人は、その策にまんまとはまったことになる。

「話は役宅で聞こう。どんな裏話が聞けるか楽しみだ」

男は、引きずられるようにして引っ立てられた。

陽(ひ)も暮れてしばらくしたころ、お多江は戸田屋に戻ってきた。鉄斎には事の成り行きが読めなかった。首尾よく運べば、お多江と根本伝三郎が戸田屋に戻り、二番番頭の庄吉が番屋に引っ張られると思っていたからだ。お多江は奥間に鉄斎を呼んだ。

「お多江さん。下手人は現れなかったのですか」

お多江は戸惑う。

「私は、小間物屋で待っておりましたので……。火盗改の方には、下手人はお縄にしたので案ずるなと。それで……」

お多江も成り行きをよくわかっていないようだ。

「根本様からの伝言を預かりまして。明日の朝、火盗改の役宅に来てほしいとのことです」

「わかりました。ところで、庄吉さんはどうしていますか」

「私も気になったもので、それとなくお優に尋ねてみたところ、いつもと変わらない様子だったそうです」

鉄斎は黙って頷いた。

翌朝、鉄斎は火盗改の役宅に根本伝三郎を訪ねた。伝三郎は酒を用意していた。

「今日は非番での。こんな刻限から盃を傾けるのも悪くない」

伝三郎は鉄斎の盃に酒を注いだ。

「下手人はお縄にしたとか」

伝三郎は徳利を持ったままだ。

「順を追って話すから、慌てないでくれ。まずは、その盃の酒を空けることだ」

鉄斎はその酒を呑んだ。

「お多江を襲ったのは、やはり鶴之助に雇われた与太者だった」

伝三郎も酒を口にする。

「〝火盗改の責めはきついぞ。その前に白状してしまった方がどれだけ楽なことか。幸い、お前はお多江を殺すどころか、怪我もさせていない。死罪は免れ、遠島で済むかもしれん〟そう言って脅かしたら、すべてを白状した」

「寺の石段での件も、瓦を落としたのも、その男の仕業だったのですか」

「そうだ。それで昨夜、鶴之助を役宅に呼び出した。鶴之助が使った与太者がお縄になったとは告げずにな」

「根本さんも人が悪いですなあ」

昨夜、鶴之助を相手に酔狂な芝居をしたことを思い出して、根本伝三郎はほくそ笑んだ。


「すまんのう。こんな刻限に」

鶴之助は、伝三郎の出方を窺っているように見えた。お多江殺しが成功したのか、三両で雇った与太者がどうなったのか、まったくわからないからだ。

「おれの顔は覚えているだろう。その方の亡くなった兄、卯平と昵懇だった、火付盗賊改方筆頭与力、根本伝三郎だ。戸田屋の女将、お多江は、その方の兄嫁。言ってみれば、その方の義姉になるわけだな」

「そうでございますが……」

「その、お多江だがな、今日の夕刻、待乳山聖天近くの雑木林の中で……、死んでいるのが見つかった」

「ね、義姉さんが殺された……」

「だれも、殺されたとは言っておらんぞ。だが、その方の言う通りだ。紙入れがなかったので、物取りの仕業だろう」

「下手人は……」

「わからぬ。お多江の紙入れを盗んで逃げたのだろうな」

伝三郎は、鶴之助が小さく息を吐いたのを見逃さなかった。

「その方は義理とはいえ、弟だ。殺された女が真にお多江であるか、面を検めてほしいのだ。お多江をこれへ」

板に載せられ、蓆をかけられたお多江が運ばれてきて、土間に置かれた。鶴之助は不審そうな表情をしている。そんなことは戸田屋の番頭にさせればよいことだ。なぜ、わざわざ自分が呼ばれたのかと……。

「すまんが、蓆を捲って確かめてくれ」

鶴之助は板の横にひざまずくと、恐る恐る蓆を捲った。

「せ、先吉……」

板に寝ていたのは、お多江を襲おうとした与太者の先吉だ。

「鶴之助。どうしてこの者の名を知っているのだ。この男は、お多江を殺そうとしていた下手人だぞ。これで、言い逃れはできんな」

鶴之助の身体は震えだす。

「今ごろは、お前の店の者たちが帳簿をくまなく調べている。店の金にも手をつけているようだな。罪は軽くないぞ。覚悟しておけ」

鶴之助はがっくりと肩を落とした。

「だが、事を荒立てることはできん。お前は、戸田屋の亡くなった主の弟だ。このことが明るみに出たら、戸田屋の商いにも差し障りが出る。それに、お前が番頭をしていた店にもな。双方の店が商いを続けられるような手立てを考えてやるから、安心して、獄門台に上がるがよい。先吉。よく動かないで我慢をしたな。お手柄だぞ。わははは」

伝三郎は、悦に入って笑った。

伝三郎は鉄斎に酒を注ぐ。

「そんなわけで、鶴之助の方はカタがついたのだが、もうひとつ厄介なことが起こってな」

鉄斎は伝三郎の言葉を待った。

「お多江が、いつどこに行くのかを先吉に流していたのは……」

鉄斎は、伝三郎の表情を見て気づいた。それが庄吉だったら、昨夜のうちに庄吉を捕らえているはずだ。お多江が待乳山聖天に行くことを知っていた他の人物といえば……。

「お、お優ちゃん……」

伝三郎は盃を置いた。

「そうだ。奉公人のお優だ」

鉄斎は言葉を失った。

「だが、無理もない。先吉の話によると、お優の家は父親と弟の二人暮らしだそうだ。弟はまだ九つでな。言う通りにしないと弟を殺すと、先吉はお優を脅した」

鉄斎の頭には怯えるお優の表情が浮かんだ。

「なんという卑劣な」

「先吉は、お多江がいつ、どこに行くかを教えろと言っただけで、命を狙っているとは言っていない。お優もこんなことになるとは思っていなかっただろう」

「ですが、お多江さんの身に何かが起こることくらいは、察しがつくでしょう」

伝三郎は頷いた。

「弟の身を守ることで精一杯だったのかもしれん」

鉄斎はお多江の話を思い出した。

《ええ。瓦が落ちてきた後は、すっかり怯えてしまって……》

先吉に、お多江が端唄の稽古場に行く刻限を教えたのはお優だ。その帰りに屋根から瓦が落ちてきたら、気づくはずだ。お多江は命を狙われているにちがいないと。お優が怯えてしまったのは、それを知ったからだろう。

「根本殿。お優ちゃんをどうするつもりですか」

「そこよ」

伝三郎は一度、言葉を切った。

「下手（へた）をすれば、お多江は命を落としていたかもしれん。もし、そんなことになっていたら、脅されていたとはいえ、人殺しの片棒を担（かつ）いだことになる。せめて瓦が落ちてきたときに打ち明けてくれていたらな……。十三になるのだから、それくらいの分別はつくのではないか」

鉄斎の頭には、またお優の顔が浮かぶ。今度は笑顔だ。

「ですが、まだ半分は子供です」

「半分は大人で、半分は子供というわけか」

「そうです。罪を問うのはかわいそうです。このことを知っているのは……」

「下手人を除いては、火盗改の数人だけだ」

「それなら、なんとかなるのではありませんか。この通り、お願いいたします」

鉄斎は両手をついた。

「おいおい。鉄さんにそんなことをされたら、頼み事ができなくなるではないか。わかった。それでは、こうしよう。お優は先吉を裏で操っている者を明らかにするために、力を貸してくれていたと」

鉄斎は意味ありげな笑い方をする。

「鉄さん。どうかしたのか」

「根本殿。端(はな)からそのつもりだったのではありませんか。そうやって、私に恩を売ろうという魂胆(こんたん)ですな……。このところの根本殿の小細工には呆れ返るばかりです」

伝三郎は慌てて酒を注ぐ。

「わははは。勘繰りはよくない。お優のことは任せるので、傷つけぬようにしてほしい。頼む」

鉄斎はその酒を呑み干した。

戸田屋に戻った鉄斎は、他の奉公人に気づかれぬよう、お優を奥間に呼び出した。お優の顔色は悪く、明らかに怯えている。

「お優ちゃん。荒井屋ではどんなお菓子を買ったのかな」

お優は頭を下げた。

「ごめんなさい。お菓子は買いませんでした」

「そんなことは気にすることはない。私は〝お菓子を買うといい〟と言っただけで、駄賃をどう使おうと、お優ちゃんの勝手だ」

お優は頭を下げたまま――。

「浅草御門の近くの長屋に、おとっつぁんと弟が住んでいます。おっかさんは五年前に病で亡くなりました」

「浅草御門といえば、すぐそこではないか」

「はい。ほんの少しでも、貧乏暮らしの足しになればいいと思って、お駄賃はおとっつぁんに渡しました。あっ、ほんの少しって……。申し訳ございません。島田様にいただいておきながら」

鉄斎は笑った。

「本当に〝ほんの少し〟だったからなあ」

「ごめんなさい」

鉄斎は小さな咳払い(せきばらい)をする。

「ところで……。荒井屋に届けてもらった結び文には何が書いてあったと思うかな」

お優は顔を上げた。鉄斎は続ける。

「お前さんが三倉(みくら)神社の木の枝に結んだ文が、ある男に渡った。お多江さんが、明後日の八ツ半に待乳山聖天に行くと書いた文だ……」

お優の顔は真っ青になる。

「弟を殺すと脅されていたそうだな。だれにも相談できなかったのだろう。さぞ怖かったことだろう」

お優の目から涙が溢れだす。

「買い物の帰り、三倉神社の前で見知らぬ男から声をかけられました。女将さんが出かけることがわかったら、行き先と刻限を教えろと」

お優は涙を拭うことも忘れているようだ。

「境内まで連れていかれ、紙に書いてこの木の枝に結べと言われました。言うことをきかなければ弟を殺すと……。だれかに話しても新太は殺すと……」

お優の身体は震えている。

「毎月、十五日の午後には亡くなった旦那様の墓参で阿部川町の善照寺に行くことや、六ツ（午後六時）ごろに端唄の稽古場に行くことを書いて、その枝に結びました」

お優の震えは止まらない。

「その日から、何度も夜中に泣き叫びそうになりました。新太のことも心配でしたが、女将さんに何かよくないことが起きるのではないかと。だって、そうでなければ、女将さんのことを教えろだなんて言うはずがありませんから。端唄の稽古の帰りに屋根から大きな瓦が落ちてきたとき、あの男の仕業だと思いました。もう、どうしたらいいのか、わからなくなりました」

鉄斎は努めて温和な表情（かお）をする。

「私がお優ちゃんにあげた駄賃を家に届けに行った本当の理由（わけ）は、弟の顔を見たかったからではないのか」

お優は頷いた。

「暇を見つけては、新太の顔を見に行きました。新太の顔を見る度に胸を撫（な）で下ろしました」

「そうか……。辛い思いをしていたのだな。だが、もうそんな思いはしなくて済む。あの男は、お縄になった。もう、お優ちゃんが脅されることも、お優ちゃんの弟が殺されることも、お多江さんが危ない目に遭（あ）うこともない」

「そ、それは本当ですか」

「ああ。本当だ」

お優の身体から力が抜けたようだ。

「よかった……。でも……」

「でも、どうしたのだ」

「女将さんは、どうして命を狙われるようなことになったのですか」

「もう、すべてが済んだことだ。お優ちゃんが心配することは何もない」

お優は頭を振った。

「す、済んでいません。私は女将さんを裏切ってしまいました。これだけお世話になっている女将さんのことを……」

お優は泣きじゃくった。鉄斎は諭すように——。

「お優ちゃんに、その気持ちがあればよいのではないかな」

「それではだめです。島田様。私を奉行所に突き出してください。そうでなければ、女将さんに合わせる顔がありません。お願いです、島田様……」

襖が開いた。

「お優……」

「女将さん……」

お多江は、お優を抱き締めた。

お優は、抱き締めるお多江を押しのけると、床に平伏した。

「も、申し訳ありません、申し訳ありません、女将さん。私を奉行所に突き出してください」

「お優、顔を上げなさい」

お多江は、お優の前に座った。

お多江は、優しく頭を撫でた。

「お前がどんな子か、私が一番わかっているんだよ」

お多江はそう言うと、お優を抱き締めた。

「苦しかったね。その顔を見たらわかるよ。弟さんを守りたかったんだね」

お優は、お多江の胸に泣き崩れた。

「ごめんね。不安を抱えたお前の様子に気付けなかったこと……」

お多江は、女将の表情に戻った。

「でも、お前にも間違いがあった。弟さんの命が危ないと、私に話してくれたらよかったんだよ。これからは、自分のことも、弟さんやお父さんのことも私に話しなさい。いいですね」

お多江は、お優を抱き締めたまま鉄斎の方を向いた。

「あ、あの、お優はどうなるのでしょうか」

鉄斎はとぼけた表情をする。

「どうなるって、どうにもなりません。お優ちゃんは、いつだって自分のことより人様（ひとさま）のことを考えてしまう優しい娘（こ）なんですから」

鉄斎は立ち上がる。

「さて。一件落着となって、暇を出されるのは私のようですな。長い間、世話になりました」

鉄斎は奥間を出ると、静かに襖を閉めた。

四

三日後――。
井戸端に集まっているのは、いつもの顔ぶれだ。お里は大根を洗う手を止めて溜息をついた。

「さっきも島田の旦那とすれ違ったけど、何て声をかけていいのかわからなかったよ」

お奈津は頷く。

「今は、そっとしておいてあげるのが優しさってもんですよ」

お咲は少し声を落とした。

「昨日、戸田屋の番頭が旦那のところに来ただろう。大家さんの話によると、旦那に三両も渡したそうだ」

「さ、三両も……」

「お奈っちゃん。声が大きいよ」

「三両って、旦那の用心棒の手当ですか」

「用心棒で三両ももらえるわけがないだろう。手切れ金だよ。これでもう戸田屋には顔を出さないでくれってことだろう」

お染は黙って三人の話を聞いている。

お咲が仕入れてきた話によると、もう少しで鉄斎の婿入りがまとまるという矢先に話が壊れたというのだ。お里が尋ねる。

「破談になった原因(もと)は何なのさ」

「さあ。でも聞いたところによると、戸田屋の親族が旦那に難癖(なんくせ)をつけてきたって」

お里は憮然(ぶぜん)とする。

「旦那のどこが気に入らないっていうのさ」

「戸田屋はあれだけの商いをしている廻船問屋だよ。おそらく、旦那の素性(すじょう)じゃないかねえ。旦那は浪人(ろうにん)で身寄りもいない。戸田屋の親族からしてみりゃ、どこの馬の骨ともわからない人なんだよ。そんな人に、戸田屋の身代を任せられるかってことだろうよ」

お里は大根を叩きつけた。大根は真っ二つに折れる。

「冗談じゃないよ。旦那って人のことをちゃんと見た上で言ってるのかい」

お奈津も加勢(かせい)する。

「そうですよ。島田の旦那はね、将軍様になったって立派にやっていける人なんですよ」

お奈津は豆腐を叩きつける。それを見たお咲は呆れる。

「お奈っちゃん。考えてから叩きつけなさいよ」

「こうなったら、何だって叩きつけてやりますよ」

お奈津は粉々になった豆腐を手ですくうように集めると、皿に盛って、お里に差し出す。

「お里さん。よかったら八五郎さんにどうぞ」

「うちの亭主は犬か猫並みってことかい。それにしても、戸田屋には腹が立つねえ。なんだか、あたしたちまで馬鹿にされてるみたいじゃないか。それに、三両の手切れ金っていうのが許せない。貧乏人だと思って馬鹿にしてるのさ。旦那も旦那だよ。そんな金は叩き返してやりゃいいのにさ」

「こうなったら、三十両くらいはふんだくってやりましょうよ」

蔵前にいる知人から、いろいろと戸田屋の噂話を聞かされているお咲の怒りは、もっと根深いようだ。

「あたしが許せないのは、その後家さんだよ。惚れちまったのは、その後家さんの方が先だって話じゃないか。それで、旦那をその気にさせておいてから袖にするなんざ、どういう了見なんだい。惚れたんだったら、親族に反対されようが、戸田屋がどうなろうが、駆け落ちだって、心中だってすりゃいいじゃないか。女が男に惚れるってことはそういうことなんだよ」

お咲は手拭いを取り出した。

「でもね。それだけじゃないんだ」

「まだ、他にもあるんですか」

お咲は手拭いを目にあてる。

「あたしは悔しくて、悔しくて……」

お里が詰め寄る。

「何だい。言ってごらんよ」

お咲は手拭いを目にあてたまま――。

「島田の旦那には背負物がついてるって思われてるのさ」

「背負物って、なんだい」

「おけら長屋のことだよ。おけら長屋にはロクな連中が住んでいない。本所じゃ曰くつきの長屋だそうだ。戸田屋はね、旦那を婿にしたら、おけら長屋の連中が金を無心しに来たり、博打に誘いに来たり、吉原に連れ出したりすると思ってるのさ」

お里は目を吊り上げる。

「それじゃ、旦那の婿入りが破談になったのは、おけら長屋のせいだっていうのかい」

「そうだよ。蔵前界隈じゃ、そういう話になってる」

「冗談じゃないよ。確かにうちの亭主は万松の二人にそそのかされて、博打だ、吉原だって、うつつを抜かしてるけど、島田の旦那を連れ出したことなんて一度もない。おけら長屋の連中は、ちゃんと線引きをして遊んでるのさ。旦那に金を無心するなんて、そんな野暮なことをするわけがないだろ。世間様からそんなふうに思われてるなんて、悔しい……。悔しいじゃないか」

お染は立ち上がると、静かにその場を去った。

その日の午後、お染は戸田屋の前に立っていた。

「お多江さん……、いや、女将さんにお会いしたいのですが」

手代と思われる男は、お染を値踏みするように見た。

「あなた様は……」

「こちらで用心棒をしていた島田の旦那と同じ長屋に住む、お染という者です」

手代は奥に消えた。しばらく待たされたお染だが、奥の座敷の上座に通される。ほどなく、女が現れて、お染の前に座った。

「戸田屋の多江でございます」

器量がよいだけではなく、品もあり、話し方に嫌味もない。鉄斎とはお似合いの女だ。

お染には口惜しい気持ちもあったが、なぜか安堵した。自分が嫌だと感じる女に鉄斎が惚れただなんて悲しくなるだけだ。

「島田様が住む、おけら長屋のお染さんとお聞きしましたが……」

「はい。突然におじゃまして申し訳ございません」

小女がお茶を置いて出ていった。

「それで、ご用向きはなんでございましょうか」

お染は襟を正した。

「失礼があったらお許しください。こちらのお店では、その……、島田の旦那と、その、いろいろ、あったそうですが……」

お多江の顔色が変わった。

「そ、それは、島田さんがお話しになったのですか」

「いえ。旦那はひと言も。そんなことを口外(こうがい)する人ではありません」

「驚きました。私も島田さんはそんな人ではないと思っていますから。では、どうして」

「蔵前界隈では噂になっているとか。私の長屋に住む者が、このあたりの方から聞いたそうです」

お多江は驚きを隠せない。

「噂になっている……。それは本当の話ですか。こ、この話が世間様に知れたら、商いに差し障りが出てしまいます……」

お染は腹が立った。

「でも、それは戸田屋さんで起きたことではありませんか」

取り乱したお多江は、心を静めようとする。

「申し訳ありません。お染さんのおっしゃる通りです。すべては戸田屋の中で起きたことですから」

お染も落ち着いて話そうとする。

「あたしは、お多江さんを責めるつもりなどありません。それで……、正直なところ、お多江さんはどう思っているのでしょうか」

お多江はしばらく黙っていたが――。

「一年前に亭主の卯平が亡くなりまして。もちろん、私が商いを取り仕切るのには無理があることは承知しています。ですが、親族の者たちが言うこともわかります。信用できない者に戸田屋の商いを任せることはできないと思うのは当然のことです」

「親族の方々は、ちゃんと人柄を見た上でそう言っているのでしょうか」

「はい。よくない噂もあったようですし」

お多江は卯平の弟、鶴之助のことを言っているのだが、お染はおけら長屋のことだと思っている。お染は鉄斎に申し訳ない気持ちで一杯になった。

「それで、お多江さんの気持ちはどうなのですか」

「戸田屋を取り仕切る身とすれば、長老や親族たちには従わなければなりません。やはり長老が言うように、しかるべきときに、親族一同が認める婿か養子をとるのが筋だと思っています」

お染の心の中で何かが切れた。

「冗談じゃありませんよ。それならば、どうして旦那のことを好きになったんですか。そんな大店のしきたりに振り回された旦那が、どんな気持ちになったと思いますか」

「旦那って、島田さんのことですか」

「そうですよ。おけら長屋に戻ってきても、ひと言も愚痴をこぼさない旦那を見てると、もう、いじらしくて胸が張り裂けそうになります」

「おけら長屋で……」

「そう。戸田屋さんの親族が言う、よくない噂のおけら長屋ですよ。確かに、おけら長屋は本所でも名代の貧乏長屋です。住んでいるのは、馬鹿で間抜けな者たちばかりです。でもね、旦那の足を引っ張ることなんて、殺されたってしませんよ。おけら長屋の面目ってもんがありますから」

お染の目からは涙が流れた。

「お多江さん。それなら、こっちだって言わせてもらいます。旦那はね、戸田屋さんなんかにはもったいない人なんですから。旦那はね、おけら長屋の宝なんです。その宝を手放そうっていうのに、そんなことを言われたんじゃ、おけら長屋の立つ瀬がありません」

お染は涙を拭おうともしなかった。

「あ、あの……」

お多江は、恐る恐る切り出した。

「よく、お話がわからないのですが……」

お染は収まらない。

「話がわからないのは、こっちですよ」

お多江は混乱しているようだ。

「島田さんを好きになったとか、島田さんを手放すとか、おけら長屋の面目とか……。なんの話なのか、まるでわかりません」

お多江の物言いや表情（かお）に、嘘偽り（うそいつわ）は感じられない。

「ですから、お多江さんが旦那に惚れてしまって、旦那も……。旦那の婿入りが決まりかけたときに、戸田屋さんの親族が難癖をつけて……。その、旦那が浪人だとか、身元が確かでないとか、おけら長屋の連中が金を無心しに来るとか。それで、旦那に手切れ金を渡して、追い出したって……」

お多江は苦笑いをする。

「やはり、そんな話が、この界隈で噂になってしまいましたか……。根も葉もない、ただの噂話、作り話です」

「それでは、お多江さんが話していたのは……」

「お染さんのことを信じて、お話しいたします。口外しないと、約束していただけますか」

「約束します」

お多江は、命を狙われたこと、それを亡き夫の知人である火盗改の筆頭与力、根本伝三郎に打ち明けたこと、そして、戸田屋に用心棒として来てくれた鉄斎の尽力（じんりょく）で下手人がお縄になり、その一件が丸く収まったことを話した。お染にとっては狐（きつね）につままれたような話だ。

「そんなことがあったんですか」

「私と島田さんのことが、この界隈で噂になることは覚悟していました。島田さんにもご迷惑をかけてしまったようですね」

「どういうことでしょうか」

「下手人に通じている者が戸田屋の中にいると思っていたからです。私が島田さんと親しくして、そんな噂が立てば、島田さんが戸田屋の婿に入るかもしれないと思うでしょう。そうなってからでは手遅れになります。下手人は一刻も早く私を殺さなければならない。下手人を一日でも早くお縄にするためには、そうするしかなかったんです」

お染は全身から力が抜けていくようだった。

「おけら長屋のみなさんには嫌な思いをさせてしまって、本当に申し訳ありませんでした」

お多江は頭を下げた。

「そんな……。謝らないでください。あたしの方こそ早合点して……」

頭を上げたお多江は、意味ありげな表情をする。

「お染さんは、島田さんに惚れているんですね」

お染は頬(ほお)が熱くなった。

「そ、そんなことは……」

お多江は微笑む。

「わかりますよ。私も島田さんに惚れてしまいましたから。じつは、島田さんに言ってみたことがあるんです」

お多江は恥じらうように目を伏せた。

「このまま、ずっと戸田屋にいてくれたら嬉しいって……」

お染は鉄斎が何と答えたのか、半分聞きたいような、半分聞きたくないような、なんとも言えない気持ちになった。

「笑いながら、自分には長屋の暮らしが合ってるって、軽く流されてしまいました。お染さんにお会いして、島田さんの気持ちがわかるような気がしました」

若い娘が茶を差し替えに来た。

「奉公人のお優です。私にとっては奉公人ではなく娘ですけど。このお優も、島田さんに救っていただいた一人なんです」

　お優は、お染の目を見てから深々と頭を下げた。

　酒場三祐で、万造、松吉、八五郎が呑んでいると、そこに顔を出したのは、お染だ。

「ちょいと交ぜてもらっていいかい。何だか呑みたくなっちまってねえ」

　万造は、すぐにお染の席を空ける。

「女っ気がねえんで、味気ねえってぼやいてたところに、お染さんたあ嬉しいじゃねえか」

　お染は顔をしかめる。

「なんだい。もう出来上がってるのかい」

　松吉の顔も赤い。

「出来上がっちゃってますよ〜だ。お栄ちゃん。酒だ。酒だ」

　座敷には空になった徳利が転がっている。

「何か嬉しいことでもあったのかい」

八五郎は上機嫌だ。

「わははは。おおありのこんこんちきってやつでえ」

八五郎は丼で酒をあおる。

「旦那の婿入りが、おじゃんになったって話じゃねえか。こいつぁ、めでてえや」

「およしよ。人の不幸を喜ぶのは」

お栄がお染の前に湯飲み茶碗を置く。

「なんだい、これは」

お栄は、その湯飲み茶碗に酒をなみなみと注いだ。

「お染さんも、祝杯を挙げたい気分じゃないかと思って」

「お栄ちゃん。そりゃ、どういう意味だい」

万造がお栄の手を引いて、座らせる。

「お栄ちゃんも一緒に呑もうじゃねえか」

お栄は万造の手を振り解いた。

「やめてよ。もう、酒臭いったらありゃしない」

「おれたちにとっちゃ、めでてえことに変わりはねえんだからよ。なあ、松ちゃん」

「そうでえ。今日はとことん呑もうじゃねえか。それでは、みなさん。旦那の不幸を祝って、乾杯(かんぺえ)〜」

みんなが一気に酒をあおった。

「お咲さんから聞いたけどよ、旦那の婿入りがおじゃんになったのは、おれたちのせいだってえじゃねえか。どうれえ、お染さん。おれたちも役に立つことがあるらろう。わははははは」

万造は呂律(ろれつ)が回らない。

「万ちゃんの言う通りれえ。て、鉄斎の旦那が戸田屋の主になったら、毎日(めえにち)通って銭(ぜに)をせびれたのによ。お、おい。八五郎さんよ。また泣いてるのかよ」

八五郎は号泣している。

「よかった。よかったなあ。また、旦那とおけら長屋で暮らせるんだぜ。こんなに嬉しいこたあねえ。ねえ、大家さん」

「大家なんざ、どこにもいねえだろ」

お栄は、そんな三人を見て呆れている。

「まったくもう。でも、嬉しいんだよね。その気持ちはわかるよ。あたしだって嬉しいもん。お染さんだって本当は嬉しいんでしょう」

「でもね、お栄ちゃん。噂話なんてえのは真に受けない方がいいよ」

「そうなんですか」

「そうさ。話半分っていうだろう」

お染は泥酔する三人を眺めながら、美味しそうに酒を呑んだ。

本所おけら長屋（十七）　その参

げんぺい

一

常陸国大洗磯浜――。

磯浜は大洗磯前明神の門前町として栄える漁村だ。三平は、村のはずれにある小さな農家の三男坊として生まれた。

今日は、その三平の家に村の組頭と親戚一同が集まっている。次男の仁吉がわずかながらの田畑を分け与えられ、分家として独立することになった祝いの宴が開かれるからだ。

武家の次男、三男には厳しい運命が待っているが、農家はもっと酷い。奉公に出されて一生扱き使われるか、猫の額ほどの田畑を与えられ、野良仕事に明け暮れる日々が待っているだけだ。

組頭は、酒も入って上機嫌だ。

「これで、仁吉も一人前だな。自分の田畑を持つっつーことは、今までとは違えんだど。何が起こっても責めを負うのは自分だ。そのつもりでしっかりやれ」

仁吉は、亀が頭を上げ下げするように頷いている。

「あとは、仁吉の嫁っ子さ、見つけてやんなきゃなんめえよ。どこかに手ごろな娘っ子がいたら教えてくんなよ」

三平は小声で呟く。

「手ごろなって、犬や猫の子をもらうのとは違あべよ」

「何だ、三平」

「いや、何でもねえよ」

三平の父親は組頭に気を遣ってか、話題を変えようとする。

「いやしかし、今年は豊作で良かったなあ……」

だが、組頭は三平の態度が引っかかっているようだ。

「三平。何か言いてえことでもあんのか。仁吉の祝いの席で茶々なんちゃ入れてんじゃねえ」

末席に座っていた三平は立ち上がる。赤い顔をしているのは酒が入っているからだ。

「何が祝いの席だ。笑わせんな。仁吉兄ちゃん。あんだけの田畑をもらったって、食っていけるわけあんめ。まだ、本家で飼われてる牛や馬の方がマシな暮らししてっと」

三平の父親、竹助は顔をしかめた。席わきまえろ」

「また、おっぱじめやがった。席わきまえろ」

「だって、そうだっぺよ。汗や泥にまみれて作った米は、年貢に取り立てられて、こっちが食えるのは粟だけだ。嫁なんかくるわけがねえ。おらだって、十九になるまで百姓の仕事さ手伝ってきたが、浮いた話なんちゃひとつもねえ。こんな暮らしはもうこりごりだ」

親戚の者たちは、酒が入ると愚痴ばかりこぼす三平に、すっかり慣れっこになっている。

「三平よ。おめえは昔から文句ばっかりほざいてっけど、他にできることがねえんだから仕方あんめえ。それとも何かできることでもあんのけ」

三平は胸を張った。

「みんなが集まってるから、いい機会だ。おめえらに言っておくことがある。おらは江戸に出て、ひと旗揚(はたあ)げることにした。おらがこんな田舎(いなか)の百姓で終わる男でねえってことを見せてやらあ」

親戚一同は大笑いする。

「よく言った、三平。おめえが故郷に錦(にしき)を飾る日を待ってっかんな。わはははは」

「よせ。よせ。尻尾(しっぽ)丸めて帰(けえ)ってくるのがオチだっぺよ。大きなことを言って恥をかくのは、おめえだぞ」

「いや、そんなこたあねえ。三平ならやってくれるかもしんねえ。楽しみじゃねえか。あはははは」

「そうだ。みんなで、三平に餞別(せんべつ)をやろうじゃねえか。三平が江戸でひと旗揚げてよ、百両(りょう)にも、千両にもして返してくれるかもしんねえぞ。わはははは。こりゃ、楽しみだっぺよ。わはははは」

三平は薄ら笑いを浮かべる。

「おめえたち。後で吠(ほ)え面(づら)をかくんだねえぞ」

一同は三平の台詞に笑い転げる。

「吠え面をかくのは、どう考えても、三平の方だっぺよ。あははははは」

「今日は面白え余興が見れてよかったなあ。ああ、腹が痛え」

「三平が江戸に発つ日は、村中で送んなきゃなんねえぞ。みんなで万歳すっぺよ。村の誇りだからな。わはははははは」

いつもなら、泣きべそをかくか、わめきながら宴席を飛び出す三平だが、今日は違う。一同の顔を見回すと、不敵な笑みを浮かべて静かに座った。本当に江戸へと出て、ひと旗揚げるつもりだったからだ。

大根や芋が入った大きな籠を重そうに下げて、一ツ目之橋を渡ろうとしていたのは、酒場三祐のお栄だ。

「も、もしかして、お栄かい」

お栄が振り返ると、一人の男が立っている。お栄は、その男の顔をまじまじと見つめる。

「も、もしかして、源助あんちゃん……」

その男は頷いた。

「あはは。おれと同じことを言ってらあ」

「源助あんちゃんだ」

お栄は籠を地べたに落とすと幼子のように、源助に飛びついた。

「よ、よせよ。子供じゃあるめえし」

源助はお栄の両肩をつかんで、引き離した。

「へえ〜。もういっぱしの娘じゃないか。こりゃ、驚いたな……。な、なんだよ。喜んでたと思ったら、今度は泣くのか」

「だって……」

お栄の頭には、八年前の出来事がよぎった。

源助は酒場三祐の主、晋助の一人息子だ。

晋助は父親が営む酒場三祐を手伝っていたが、二十四歳のときに父親が亡くなると店を継いだ。母親は晋助が子供のころに病で亡くなっている。

晋助は三祐を継いで二年後に、お曽根という女と所帯を持った。その、お曽根との間に生まれたのが源助だ。晋助は真面目で勤勉な男だったが、源助が十二歳になったころ——。

居酒屋という商いをしていると、客との付き合いも大切になる。付き合ったその客がよくなかった。晋助は酒と博打に溺れ、店の仕事はおろそかになる。仕込みどころか、暖簾を出す刻限になっても帰ってこないことも珍しくなくなった。仕方なく、お曽根が店を切り盛りし、源助もそれを手伝った。

晋助は家の金を持ち出すようになり、お曽根は借金に追われるようになる。お曽根はそんな暮らしが祟ってか、痩せ細り、寝込むことも多くなった。だが、晋助は酒と博打にのめり込むばかりだ。

お栄は、お曽根が死んだ日のことをよく覚えている。お曽根が死んだという知らせを受けて、お栄は母親のお登美と三祐に駆けつけた。お登美は、晋助の妹で、お栄は晋助の姪ということになる。

お曽根は三祐の二階の座敷に寝かされていた。線香の煙が漂う枕元には源助が背中を丸くして座っている。お登美は白い布を外して、お曽根の顔を見た。お曽根は痩せこけていて、安らかな死に顔とは言えなかった。お登美とお栄は両手を合わせた。

「源助。晋助兄さんはどうしたんだい」

源助は膝の上で拳を握り締めた。その拳の上に涙が落ちる。

「どうしたんだい、源助」

「二日前から帰ってこねえ。いつものことだけどよ」

「そ、それじゃ、義姉さんが亡くなったことも知らないのかい」

十二歳だったお栄も、晋助一家の暮らしぶりは耳にしていた。

「博打で勝って、吉原にでも居続けてるんだろうよ。負ければここに戻ってきて、金をくすねていくからね。まるでコソ泥だ。どっちにしたって泣かされるのは、おっかさんなんだよ」

お登美は、お曽根の死に顔が悲しそうに見えたので、静かに白い布をかけた。

階段を駆け上がる足音が聞こえる。座敷に入ってきて、茫然と立ち尽くすのは晋助だ。

「お曽根……」

源助は振り返りもせずに――。

晋助は何も答えない。いや、答えることができないのだ。

「どこに行ってたんだ」

「どこに行ってたのかって訊いてるんだよ」

晋助は布団の横にひざまずくと、震える手で白い布を外す。

「お曽根……。どうして……」

源助は笑った。

「どうして……、だと……。白々しい芝居はやめてくれ。お前が殺したんだよ。おっかさんは、お前に殺されたんだよ」

お登美が割って入る。

「源助。おとっつぁんに〝お前〟はないだろう」

「おとっつぁんだと……。笑わせねえでくれよ。こいつが、おとっつぁんらしいことをしてくれたことなんざ、一度だってありゃしねえよ。仕事はしねえで、呑む、打つ、買うだ。おっかさんは身体が弱いのに、店を切り盛りして、寝ないで内職をやって、毎日毎日、借金取りに頭を下げて……。元々、身体が弱い上に、気苦労が重なって……。医者を駆けずり回ったけど、金がなけりゃ、薬だって売っちゃもらえねえ……」

源助は、手にしていた手拭い（てぬぐい）で涙を拭った。

「おっかさんが最期（さいご）に、か細い声で何て言ったか教えてやろうか。〝源助、おとっつぁんを恨（うら）むんじゃないよ〟だ。なんでそんなことを言ったかわかるか。おいらがおとっつぁんを恨むに決まってるからだよ」

源助は立ち上がった。

「おっかさんを助けなきゃならねえと思って、この店を手伝ってきたが、こんな奴（やつ）に振り回されるのはもうたくさんだ。おいらは出ていく」

お登美は、源助を見上げた。

「出ていくってどこに行くんだよ。アテでもあるのかい」

「アテなんかねえや。だが、どこに行こうが、こんなところにいるよりはマシでえ。必ずいっぱしの男になってやらあ」

源助は晋助に向かって――。

「おっかさんはな、心のどこかで、お前が真人間（まにんげん）になって帰ってきてくれると信じていたんだよ。そんな、おっかさんのことを思うと……」

源助は涙を拭った。

「お登美叔母さん。おっかさんには、必ずおいらがでっけえ墓を建ててやる。すまねえが、それまでおっかさんのことは頼んだぜ」

源助は晋助に手拭いを投げつけると、飛び出していった。

「源助あんちゃん……」

お栄は小さな声で呟いた。

源助はそれから一度も三祐には帰ってこなかった。その日を境に、晋助は人が変わったように働き出した。しばらくしてから、お栄は三祐を手伝うようになる。源助は従妹であるお栄を可愛がっていた。お栄も源助のことを兄のように慕っていた。お栄の心のどこかに、源助が帰ってくるまで三祐を守らなければならないという気持ちがあったのかもしれない。

二人は回向院の境内にある茶店の縁台に腰を下ろした。

「あれから、八年か……」

源助は、他人事のように言った。

「お栄。風の便りで聞いたんだけどよ、三祐を手伝ってくれてるんだってな」

「もう六年になるよ」

「おとっつぁんはどうしてるんだい」

「真面目に働いてるよ。博打には手を出さないし、お酒だって滅多に呑まないしね。ただ、口数が少なくなった。昔は明るい人だったのにね。きっと、後ろめたいんだろうね。自分のせいで、お曽根義伯母さんが亡くなって、源助あんちゃんが出ていったと思ってるんだろうから。厨からほとんど出てこないよ。おかげで、お客さんはあたしが切り回してるんだ。たまに、お冬ちゃんって娘が手伝いに来てくれるけど」

「そいつは、すまねえなあ……」

お栄は、両手で包むように持っていた湯飲み茶碗を置いた。

「源助あんちゃんは今、何をしてるの？」

源助は何も答えない。

お栄は源助の着物に目をやった。薄汚れて皺が寄っている着物は、源助の暮らしぶりを物語っているように思えた。

「お栄に見栄を張っても仕方ねえしなあ。家を飛び出してから、寺小屋で一緒だった友だちの伝手で旅芸人の一座に入れてもらったんだ。だけど先月、その一座が潰れちまって……。おっかさんに立派な墓を建ててやるなんて、でけえ口を叩いて家を飛び出したものの、なんとも情けねえ限りだ」

「旅芸人って、曲芸でもしてたの？」

「そうじゃねえ。小屋の前で呼び込みをしたり、見世物の口上を述べたり、舞台で曲芸に合わせて弁舌をしたり……」

お栄は笑い声を洩らした。

「源助あんちゃんは口が達者だったもんね」

「おうよ。おれの口上は評判だったんだぜ」

源助は笑った。

「今はどうしてるの？」

「その友だちが、神田にある足袋問屋の手代でな、近くの長屋で独り暮らしを始めたんで、そこに転がり込んでる」

「三祐に帰ってきなよ。晋助伯父さんも喜ぶと思うよ」

「そいつはできねえ。おれにも意地ってもんがあらあ。でもよ……」

源助は空を見上げた。

「安心したぜ。おとっつぁんが真面目に働いてるって聞いてよ。お栄。おとっつぁんと三祐のことは頼んだぜ」

「源助あんちゃん……」

そのとき、だれかが縁台に倒れ込んできた。

「うわあ～」

お栄と源助は驚いて飛び上がった。

二

おけら長屋にある松吉宅で、万造と松吉が呑んでいると、訪ねてきたのは回向院の境内にある見世物小屋の主、田五郎だ。

「おめえたち。どうしてくれるんだ。逃げっぱなしってえのは納得できねえ」

田五郎小屋でひと儲けしようと企んだ万松の二人は、金太を使って大黒天のご開帳をもくろんで大失敗。田五郎は客から殴られ、見料は取り返され、散々な目に遭った。

「上方から来ることになっていたヘビ女の一座は、箱根で引き返しちまったし、このままじゃ、あと、ふた月は興行が打てねえ」

「ヘビ女が箱根の山で、マムシに噛まれて毒が回ったってやつか。何度聞いても笑えるぜ」

万造と松吉は笑い転げる。

「笑い事じゃねえ。こっちはおまんまの食い上げでえ。なんとかしてくれ」

「だがよ、その前の貧乏神のご開帳じゃ、だいぶ儲けたんじゃねえのか。なあ、松ちゃん」

「おうよ。それに、おめえの小屋がどうなろうと、おれたちの知ったこっちゃねえや」

万松の二人に取り合うつもりはないようだ。田五郎は持参してきた湯飲み茶碗を懐から出すと、酒を注いだ。

「そりゃ、ねえだろう。さんざっぱらうちの小屋を食い物にしやがったくせによ」

田五郎は、酒で喉を湿らせた。

「なあ。なんか面白え見世物はねえかよ。蜘蛛男でも、かぐや姫でも、何でもいい。おめえたちなら思いつくはずでえ。なあ、頼むぜ。儲けは折半ってことにするからよ」

万造は、田五郎に酒を注いだ。

「そうさなあ……。女の裸踊りってえのはどうでえ。大入り間違えねえ」

田五郎は腕を組んだ。

「回向院の境内で裸踊りってえのはまずくねえか」

「イカサマまがいの見世物しかやってねえくせに、しおらしいことを言うんじゃねえ」

田五郎は少し声を落とした。

「それで、その裸踊りをする女は、どこから連れてくるんだ?」

松吉は手を打った。

「緑町のお蝶さんなんかどうでえ」

万造は大きく頷く。

「いいねえ。お蝶さんなら間違えねえや」

田五郎は身を乗り出してくる。

「お蝶なんて、ひらひら舞うために生まれてきたような名前じゃねえか。歳はいくつでえ」

「確か……、二十四、五じゃねえかなあ」

「乙な歳じゃねえか。そ、それで、そのお蝶さんは、裸踊りをやってくれるのかよ」

「ああ。裸になるのが好きみてえだからな。おれは何度も見たことがあるぜ。松ちゃんもあるだろ」

「もちろんでえ」

田五郎の目は輝く。

「ど、どこに行けば見れるんでえ」

「緑町の長屋の井戸に行きゃ、行水してるぜ。笑うと歯がねえし、乳が垂れてヘソが見えねえから、すぐにわからあ」

呑みかけていた酒を吹き出した田五郎は、手の甲(こう)で酒を拭った。

「婆(ばばあ)じゃねえか。二十四、五って言っただろ」

「ああ。確か、孫が二十四、五だと思ったけどなあ」

田五郎は吹き出しそうになった酒を、今度は呑み込んだ。

「おめえたちの戯言(ざれごと)に乗った、おれが馬鹿(ばか)だった」

田五郎は真顔(まがお)になる。

「とにかく、何とかしてくれ。さもねえと、おめえたちが奉公してる米屋と酒屋に乗り込んで、給金を差し押さえるから覚悟しやがれ。いいな」

湯飲み茶碗を懐にしまった田五郎は、松吉の家から出ていった。

入れ替わるように顔を覗(のぞ)かせたのは、お栄だ。

「いたいた。ちょっと、頼みがあるのよねえ」

お栄は返事も聞かずに、外に向かって手招きをする。

「さあ、入って、入って」

お栄に引っ張られるようにして二人の男が入ってきた。

「ほら、万造さんも松吉さんも座敷の隅(すみ)に寄ってよ。この人たちが座れないじゃないの」

お栄と二人の男は、万造と松吉の前に座った。松吉は恐る恐る――。

「あ、あの。このお二人は、どちらさんで……」

お栄は年上と思われる男を指差した。

「あたしの従兄(いとこ)で源助あんちゃん。歳もあんたたちと同じようなもんだから、よろしくね」

松吉は少し驚いたようだ。

「お栄ちゃんに従兄なんていたのかよ」

「晋助伯父さんの息子なのよ」

「へえ〜。晋助のおやじに息子ねえ……」

「いるんだから仕方ないじゃないの」

源助は頭を下げた。

「どうも。源助と申しやす」

万造と松吉も、つられるように頭を下げた。

「こいつが万造で、おれが松吉。そういうことなら、友だち付き合いってことで、万ちゃん、松ちゃん、源ちゃんでいこうじゃねえか」

お栄は若い方の男を指差した。

「この人は……。そういえば名前を聞いてなかったわね。あんたの名前は何ていうの？」

「三平というだ」

男は弱々しい声で答えた。松吉は首を捻る。

「ところで、お栄ちゃん。おれにはよくわからねえんだなあ。どうして、こういうことになってるのか」

お栄も首を捻る。

「それが、あたしにもよくわからないのよねえ……」

静けさが漂った。万造がゆっくりとした口調で――。

「とにかく、ここに来たのには何か経緯があるんじゃねえのか、順を追って話してみたらどうでえ」

お栄は頷いた。

「買い物帰りに、源助あんちゃんにばったり会ってね。驚いたわ。八年ぶりだもん」

お栄は、源助が三祐から飛び出して、その後、源助が何をしていたかなどを、かいつまんで話した。万松の二人は感心しきりだ。

「へえ〜。晋助のおやじはそんな乙な男だったのかよ」

「おお。弟子入りしてえくれえだぜ」

源助は苦笑いを浮かべる。

「他人事だから、そんな悠長なことを言ってられるんでえ。おっかさんとおれの身になってみてくれや。笑い事や洒落じゃ済まされねえ」

「違えねえ。源ちゃんの言う通りでえ」

万造、松吉、源助の三人は大笑いをする。万造は源助と気が合うと思ったのか、湯飲み茶碗を差し出した。

「源ちゃんは呑けるくちなんだろう」

源助は湯飲み茶碗を受け取った。

「呑けるくちどころじゃねえ。浴びるくちでえ」

「こいつは頼もしいじゃねえか。さすがは、お栄ちゃんの従兄だぜ」

万造がその湯飲み茶碗に酒をなみなみと注ぐと、源助は一気に呑み干した。

「おお〜。いい呑みっぷりじゃねえか」

源助は空（から）になった湯飲み茶碗を万造に渡す。

「それじゃ、兄弟盃（きょうでえさかずき）ってことで」

源助が酒を注ぐと、万造は一気に酒をあおり、その湯飲み茶碗を松吉に渡す。

源助が酒を注ぐと、松吉も一気に呑み干した。

「これで、三人は兄弟分になったわけでえ。万ちゃんに、松ちゃんよ」

三人は笑った。万造が三平を指差す。

「ところで、この野郎（やろう）は確か三平とか抜かしやがったな。源ちゃんよ。こいつは、どこのだれでえ」

「さあ、だれだか、さっぱりわからねえ」

お栄が口を挟（はさ）む。

「源助あんちゃんと茶店にいたら、倒れ込んできたのよ。三日間、何にも食べてなくて目が回ったとか……。仕方ないからお団子を十本食べさせて、ここに連れてきたってわけ」

　松吉は呆れる。

「どこの馬の骨ともわからねえ野郎を、ここに連れてきたってえのか。冗談じゃねえや」

「だって、ついてくるんだもん」

「三祐につれていきゃ、いいじゃねえか」

「だって、晋助伯父さんと、源助あんちゃんは、その……、いろいろあるじゃないのさ。だから、ここに連れてくるしかないでしょう」

　源助が松吉に酒を注ぐ。

「すまねえ。ちょいと、おとっつぁんのところには行きづれえもんだからよ。この男の素性についちゃ、おれがはっきりさせるから、任してくんな」

　源助は三平の方に向き直った。

「おめえは何者でえ。見たところ、江戸の者じゃねえな」

　三平は継ぎはぎだらけの着物で、背中には風呂敷包みを背負っている。

「常陸国の大洗から出てきた」

「常陸国ってえと、キツネに似たのが住んでる国か」

「それは、イタチだべ。イタチじゃねえ。常陸だ」

「おお。おめえは洒落がわかるのか。こいつぁ、大笑いだ」

「大笑いじゃねえ。大洗だ」

二人のやりとりを聞いていた万造、松吉、お栄の三人は笑い転げる。

「おめえは何で江戸に出てきたんだ」

「何で江戸に出てきたかって……。馬や駕籠（かご）に乗れるわけじゃねえかんなぁ。自分の足で歩いてきたんだよ」

「乗り物を訊いてるんじゃねえ。てめえ、おれを馬鹿にしてんのか。どんな用があって江戸に出てきたのかって訊いてるんでえ」

万造、松吉、お栄の三人はまたしても、噛み合わない会話に笑い転げる。

「わはははは。こいつぁ、面白（おもしれ）えや」

源助の声は大きくなる。

「だから、何のために江戸に出てきたのかって訊いてるんだよ」

「何のためって、おらのためだっぺよ」

「そうじゃねえよ。だれかに会いに来たとか、何かを売りに来たとか、仕入れに来たとか、そういうことを訊いてんだよ」

「ひと旗揚げるためだっぺよ」

「なんでえ、その、ひと旗揚げるってえのはよ」

三平は少し胸を張った。

「おらは百姓の三男坊で終わる男じゃねえ。江戸に出て、でっけえ男になってよ。村の奴らを見返(みけえ)してやるんだ」

源助は大袈裟(おおげさ)に頷く。

「そりゃ、てえしたもんだ。見返してやれ、見返してやれ。吉原(なか)にゃ〝見返し柳〟ってえのがあるくれえだからよ」

「なかってところに行けば、村の奴らを見返してやることができるんか」

万造と松吉とお栄は大笑いだ。源助は続ける。

「ところで三平さんよ。三日前(めえ)から何も食ってねえってことだったが、故郷(くに)を出るときに金は持ってこなかったのかよ」

「二分(ぶ)ばかり持ってきたよ」

「二分といやあ、大金じゃねえか。その金はどうしたんでえ」

「江戸に着いた日に、取られた」

「取られたって、盗まれたのか」

「よくわかんねえ」

「わからねえって……。経緯を話してみな」

「大きな川を船で渡ったら、男に声をかけられてよ。江戸に入るには札(ふだ)が要(い)るって言われた。この札を持ってねえと無宿者(むしゅくもん)ってことになって役人に捕まるって言うからよ。札は五十文(もん)だっつーんだよ。おいらは二分金しか持ってねえから、それを渡したんだ。すぐに釣りを持ってくるからって……。男はいつまで待っても帰(けえ)ってこねえ」

　源助は頭を抱(かか)える。

「おめえ、たった五十文のために二分も渡しちまったのかよ。あのなあ、おめえは田舎者(いなかもん)だと思われて騙(だま)されたんだよ。江戸に入るための札なんて聞いたことがねえや」

「なぁに、そうなのか?」

万造と松吉とお栄は笑い転げる。

「それでおめえは一文無しになったってわけかい」

「んだ」

三平はまた胸を張った。

「自慢するような話じゃねえだろう。江戸はなあ〝生き馬の目を抜く〟っていわれるところなんでえ」

「おらが飼ってたのは牛だがよ」

「そうじゃねえ。田舎者には危ねえところだってことでえ」

万造と松吉とお栄は笑い転げている。

「それで、おめえはこれからどうするつもりでえ」

「わがんね……」

「何かできることはあるのか？」

三平はまたもや胸を張った。

「田植えに、肥担ぎ(こえかつ)ならだれにも負けねえぞ」

「そんなもんができたって、ひと旗揚げることなんざ、できゃしねえ」

「田植えを馬鹿にすんじゃねえ」

三平は立ち上がると、座敷の隅に置いてあった笊を持ち上げた。笊の中には空の徳利が山積みされている。万造と松吉があちこちの酒場からくすねてきた徳利だ。三平は笊を小脇に抱えると、徳利を一本握り、前かがみになって床に立てた。それも、徳利の注ぎ口を下にしてだ。三平はその動作を繰り返し、きっちり三寸(約九センチ)の間をあけて、五本の徳利を逆さに立てた。三平は徳利を笊に戻した。

「源助さん。やってみな」

「なんで、おれがそんなことをしなきゃならねえんだ」

「百姓を馬鹿にすっからだっぺよ。ほら」

三平は源助に笊を押しつけた。源助は笊を受け取って立ち上がる。源助は三平の真似をして徳利を逆さに立てようとするが、徳利は倒れてしまう。

「ほれ。どうした。立てらんねえのか」

源助は、何度やっても徳利を立てられない。

「こ、腰が痛え……」

三平は、源助の尻を軽く蹴った。源助はつんのめるようにして倒れた。

「何をしやがる」

万造、松吉、お栄の三人は笑う。

「腰が入ってねえからだっぺよ。貸してみな」

三平は笊を奪い取ると、次々に徳利を逆さまに立てていく。万造、松吉、お栄の三人は感心しきりだ。

「すげえな。徳利を逆さまにして立てるのは至難の業だぜ」

「ああ。あっという間に七本も立てやがった」

お栄は手の指で、徳利と徳利の間を測る。

「すごい。全部同じ間で立ってるわ、って、これはうちの徳利じゃないの。どうりで数が足りないはずだわ。あんたたちの仕業だったのね」

三平は笊を置いた。

「田植えは苗を真っ直ぐに植えなきゃなんねえんだよ。肥が同じようにいき渡るように、同じ間で植えなきゃだめ。腰が痛えだなんて、話にならねえ。百姓はそれが身体に沁みついてんだから。馬鹿にしたもんじゃねえんだよ」

源助は座り込んで腰を摩（さす）っている。

「そんなことができたって、江戸じゃ屁（へ）の役にも立たねえや」

「できねえよりは、できた方がいいに決まってるっぺよ」

松吉は腕を組む。

「確かに、できねえよりは、できた方がいいかもしれねえなあ」

源助は納得できない。

「そんなに百姓の仕事が身体に沁みついてんなら、悪いこたあ言わねえ、故郷（くに）に帰（けえ）んな。おめえが生きていけるほど、江戸は甘（あめ）えところじゃねえ」

三平は頭（かぶり）を振った。

「それだけはできねえ。おらにも意地ってもんがあんだから」

三平は拳を握り締めて——。

「必ず、江戸でひと旗揚げてやっぺ～」

三平の尻から「ぺ～」という音がした。源助は鼻をつまむ。

「この野郎。力（りき）んだ弾（はず）みで屁をこきやがった。しかも。屁まで〝ぺ～〟って音とは恐れ入ったぜ」

万造、松吉、お栄の三人は腹を抱えて転げ回る。

「おらが得意なのは田植えだけじゃねえ。いつでも屁を放り出すことができっぺよ」

三平は〝ぺー〟という音の屁をした。

「わはははははははははは」

万造、松吉、お栄の笑いが収まるには、しばらくの時間がかかった。

「はあ、はあ、はあ……。死ぬかと思ったぜ」

「ああ。おれは腹がよじれて千切れるかと思ったぜ」

「あたしは笑いすぎて吐きそうだよ。思いのほか臭いし〜」

息を整えた万造と松吉は、真顔になって見つめ合う。それを見たお栄は――。

「な、何よ、気持ち悪いわね。あっ。あっ。二人で同じことを考えてるってことね。な、何よ。何を思いついたのよ。教えなさい」

万造は、酒で喉を湿らせた。

「いけるかもしれねえな」

松吉も合わせるように酒を呑む。

「ああ。こりゃ、掘り出し物かもしれねえ」

「何よ。何なのよ」

「三平さんよ。まあ、座りねえ」

落ち着いた声で万造が言うと、三平は静かに座った。

「おめえ、江戸でひと旗揚げるって、何かアテでもあるのか」

「なんにもねえ」

「さっぱりした野郎だぜ。おめえ、歳はいくつだ」

「十九だ」

「お店に奉公したところで給金がもらえるようになるには何年もかからあ。職人になったところで、いっぱしの腕になるには十年はかかる」

「おらにそんな時間はねえ」

落ち着いて考えれば、だれにでもわかる世の中の厳しさを突きつけられて、三平はうなだれた。松吉は源助に酒を注ぐ。

「源ちゃんよ。おめえさん、芝居小屋が潰れて、友だちのところに転がり込んでるそうじゃねえか。これからどうするつもりでえ」

源助は首筋に手をあてた。

「お恥ずかしい話だが、この三平と同じでえ。なんのアテもありゃしねえ」

「源ちゃんは、芝居小屋で口上をやってたそうじゃねえか。どうでえ、この三平と組んで小屋に出てみる気はねえか」

「おれが、この三平と組んで小屋に出るだと……」

「ああ。そうでえ」

驚いたのは、お栄だ。

「ちょっと待って。いきなり何を言い出すのよ」

「お栄ちゃんは黙っててくれ。回向院の境内に田五郎小屋ってえのがあってよ、いろいろと手違えが重なって、興行が打てなくなっちまった。なんとかならねえかって、泣きつかれちまってよ」

源助はまんざらでもない様子で――。

「だが、このど素人と組んで何ができる。笑われるのがオチでえ」

「そこよ」

万造と松吉が同時に声を上げた。

万造は、松吉と源助に酒を注ぐ。

「笑われるんでえ。笑われて金を稼ぐのよ」

お栄は首を捻る。

「どういうことよ」

松吉は酒を呑み干した。

「江戸で小屋に客を集めるといやあ、まずは歌舞伎（かぶき）だ。それから人形浄瑠璃（にんぎょうじょうるり）。奥山（おくやま）あたりじゃ、曲芸に見世物だ。それなら、今までだれも演（や）ってなかったものを演りてえじゃねえか」

「だから、この二人で何を演るのよ」

「さっき散々、見たじゃねえか」

「見たって……。あんなもので客が喜ぶわけないでしょう」

松吉は笑った。

「笑いすぎて吐きそうって言ったのは、だれだったたっけかな」

「た、確かにその通りだけど……」

「それに……」

万造はここで言葉を切って、酒を呑んだ。

「源ちゃんも、三平も何もやるアテがねえ。田五郎は、何でもいいから小屋で何かを演ってくれと言ってる。こっちにしてみりゃ、仕入れもねえ、用意するものもねえ。つまり、失うものは何もねえってことよ。それに、あそこはイカサマまがいの見世物で知られた小屋でえ。何を演ったって文句なんざ出やしねえ。それによ、演ってみて駄目だったら、やめりゃいいだけじゃねえか。まあ、ここは使わなきゃならねえがな」

万造は指先でこめかみを突いた。源助はしばらく考えていたが――。

「客を笑わすってことか……。面白えかもしれねえな……。三平よ。これが、まかり間違って当たったら、ひと旗揚げることができるかもしれねえぜ。やってみるか」

三平は力強く頷いた。

「金もねえ、行くアテもねえ。こうなったら何でもやるしかねえべよ」

松吉はポンと手を打った。

「よし、決まった。それじゃ作戦を練ろうじゃねえか。一か八かでえ。一発、でっけえ山を当ててやろうぜ」

お栄は不安げに溜息をついた。

三

回向院の近くに住む町人が、チラシを手にしている。

「この〝源平合戦〟ってえのは何だ……」

「さあ。田五郎小屋のこった。どうせまがい物だろうよ。だがよ、豆腐屋の欣ちゃんの話によると、面白かったらしいぜ。なんでも、江戸っ子と田舎者が出てくる芝居って言ってたなあ。あれのどこが芝居なんだって、怒りながら笑ってたぜ」

「怒りながら笑ってただと～。気になるじゃねえか」

驚いたのは田五郎だ。どうせ小屋は空いているし、金がかかることもないと聞かされたので、軽い気持ちで小屋を貸したのだが……。初日は三人だった客が、七人、十五人、三十人と増えていく。

江戸は風評の町だ。そんな噂が耳に入り、八五郎、お染、鉄斎の三人は田五郎小屋を覗いてみることにした。

座席に座っているお染は振り返る。

「旦那。気づいてみたら、大入りじゃありませんか」

「ああ。たいしたものだなあ」

八五郎は鼻で笑う。

「お栄ちゃんの話によると、話の筋は万松の二人が考えたらしいですぜ。どうせロクなもんじゃねえだろうよ」

拍子木が打ち鳴らされると、ざわついていた客席は静かになる。舞台の上手から三平が登場する。江戸に出てきたときと同じで、継ぎはぎだらけの着物に、大きな風呂敷包みを背負っている。どこから見ても田舎者とわかる出で立ちだ。

「ここが江戸かあ。すげえ人だ」

三平は客席を見回す。

「だが、器量好しの女はいねえようだな」

客席からは笑いが起きる。

「おらは百姓の三男坊で終わる男じゃねえ。必ず江戸でひと旗揚げて、おらを馬鹿にした村の奴らを見返してやるんだ」

下手から職人風の男が歩いてくる、源助だ。源助は三平にぶつかりそうになる。二人は同じ方によけようとして、またぶつかりそうになり、また同じ方によけて、ぶつかりそうになる。

「おらがこっちによけるから、あんたはこっちによけてくれ」

「なんで、おめえが決めるんだ。おれはこっちによけてえ」

正面からぶつかって尻餅をついた二人は、立ち上がって埃を払う。

「ぶつかったのも何かの縁だっぺ。おめえさんに訊きてえことがある。江戸でひと旗揚げるにはどうすればいいか教えてくれ」

「なんでえ、その、ひと旗揚げるってえのはよ」

「だから、百両、千両って金を稼いで、故郷に錦を飾ってやるんだっぺよ」

「笑わせるねえ。そんなことができるんだったら、とっくにおれがやってらあ。とっとと故郷に帰りやがれ」

「おらは意地でも帰らねえ」

「おめえはどこから出てきたんだ？」

「常陸の国だ」

「イタチが住んでる国か？」

「イタチじゃねえ、ヒタチだ。ヒ・タ・チ」

源助はしばらく考えてから――。

「チ・マ・キ」

「キ・ツ・ネ」

「ネ・ズ・ミ」

「ミ・カ・ン」

源助は三平の顔を指差す。

「やーい。〝ん〟がついたから、おめえの負けでえ」

「しりとりをやってんじゃねえ」

すでに何人かの客が大笑いしている。

「江戸でひと旗揚げるには、どうすればいいか訊いてるんだっぺよ」

「おめえは、何かできることがあるのか」

「田植えなら、だれにも負けねえ」

「笑わせるんじゃねえ。田植えなんかできても、江戸じゃ何の役にも立たねえよ」

「田植えを馬鹿にするんじゃねえぞ」

「田植えなんか、だれにでもできらあ」

「よーし。そんならやってみろ」

三平は舞台の袖（そで）にあった笊を持ってくる。笊の中には半寸（すん）（約一・五センチ）ほどの太さで、四寸（約一二センチ）ほどの長さの棒切れがたくさん入っている。三平はその中の一本を手に取った。

「これを苗だと思って立ててみろ。田植えだ」

「田植えだと〜。大体（だいてえ）、何でこんなもんがあるんでえ」

「そんなことは気にすんな。ほら、手本を見してやっから」

三平は手際よく五本の棒を立てた。

「やってみろ」

「そんなものは、屁のカッパでえ」

源助は笊を奪い取ると、三平の真似をして棒を立てようとするが、一本たりとも立てることができない。

「何やってんだよ。貸してみろ」

三平が歌いながら、舞うように、同じ速さで棒を立てていく。

「はい。苗とって〜、苗植えて〜。はい。苗とって〜、苗植えて〜」

客席からは拍手が起きる。

「もう一度、やってみろ」

源助も真似をするが、棒を立てられずに四苦八苦（しくはっく）している。三平は上手（かみて）に消えると、勢いをつけて走ってきて、源助の尻に飛び蹴りを食らわした。源助は転がる。

「な、何をするんでぇ」

「腰が入ってねえんだよ」

三平は源助の側に寄ると、尻を向けて〝ペッ〟と屁をした。客は大笑いだ。

「何をしやがる、く、臭（くせ）え……」

「悔（くや）しかったら、この棒を立ててみろ」

源助は尻を摩りながら立ち上がる。

「も、もう一度、手本を見せてくれ」

三平が棒を立てだすと、源助はそっと下手に消える。客たちは、源助が何をするのかわかっているようだ。源助が勢いをつけて走り込んでくる。三平の尻を蹴ろうとして、源助が飛び上がったとき、三平は棒を倒してしまい、しゃがみ込んだ。源助の飛び蹴りは空を切り、源助は舞台に尻を打ちつけた。

「い、痛え……」

顔を上げた源助の顔に尻を向けた三平は〝ペッ〟と屁をした。客は笑い転げる。三平はその客席に向かって――。

「おめえらも百姓を馬鹿にすんじゃねえぞ。あっ、おめえ、笑ったな」

三平が指差したのは八五郎だ。三平は源助に――。

「おい。あの男をここに連れてこおよ。田植えをやらせっから」

源助は客席に下りると、八五郎の手を引っ張る。

「な、何をするんでえ。手を放しやがれ」

客たちも八五郎をあおる。

「やれ、やれ〜。やってみせてやれ〜」

「このままだと、江戸っ子の名折だぞ」

江戸っ子という言葉を耳にして、引っ込みがつかなくなった八五郎は、手を振り解いて立ち上がる。

「よーし。やってやろうじゃねえか」

八五郎が舞台に上がると、歓声とも、野次とも思える声が飛ぶ。

「頑張れよ〜」

「骨は拾ってやるからな〜」

三平は、八五郎に笊を渡すと、客に手拍子を求める。

「はい。苗とって〜、苗植えて〜。はい。苗とって〜、苗植えて〜」

源助も手拍子を打って、盛り上げる。

「みなさんも、ご一緒に〜。はい。苗とって〜、苗植えて〜。はい。苗とって〜、苗植えて〜」

八五郎は歌に合わせて笊から棒切れを取ると、前かがみになって立てようとするが、無情にも棒切れは倒れる。

「どうした〜。しっかりしろ〜」

「手が震えてるんじゃねえのか〜」

三平は八五郎の背後から軽く尻を蹴った。

「腰が入ってねえんだよ」

前かがみになっていた八五郎は、つんのめるようにして舞台から落ちた。

客たちは腹を抱える。八五郎は客席の中に頭から突っ込んだままだ。般若のような形相で起き上がろうとする八五郎の耳元で囁いたのは鉄斎だ。

「怒ってはいかん。無粋だと思われるだけだ。それより、八五郎さん。鏝を使うときの動きを思い出すんだ。あの棒切れを、左官の仕事をするときの鏝だと思うんだ」

鉄斎の言葉を聞いた八五郎は、落ち着きを取り戻す。

「もう一度、やらせてくれや」

「江戸っ子は諦めが肝心なんじゃねえのか」

「うるせえ。もう一度、やらせろと言ってんだよ」

八五郎は舞台に上がると、竿を持って大きく息を吐いた。三平と源助は手拍子で盛り上げる。八五郎は手拍子の調子に惑わされず、まるで床に鏝で土を塗るように、棒切れを立てたまま手前に引き寄せてから、手を放した。棒切れはピタリと立った。八五郎は同じ動作で、次々に棒切れを立てていく。客たちは拍手喝采だ。三平と源助は八五郎に土下座をする。

「恐れ入りました～」

八五郎が拍手に応えながら舞台から下りると、源助が三平の尻を蹴る。

「馬鹿野郎。できそうもねえ奴を選べって言ったじゃねえか」

「おらの目に狂いはねえと思ったんだけどよ。どうみてもあーれは不器用そうだわ」

「おれもそう思ったけどよ」

客は大笑いだ。

お染、八五郎、鉄斎の三人が三祐を覗くと、案の定、奥の座敷では万造と松吉が呑んでいた。お栄が続けざまに三つの猪口を投げると、松吉は右手、左手、右手の順で受け取った。お染は感心する。

「まるで千手観音(せんじゅかんのん)みたいだねえ。八五郎さんの田植えも見事だったけど……」

万造は三人の猪口に酒を注ぐ。

「あいつら、八五郎さんを舞台に引っ張り上げたのかよ。その〝見事だった〟ってえのは、見事に笑い者(もん)になったたってことだろうな」

お染は思い出し笑いをする。

「それが、最初はあの二人の思う壺(つぼ)だったんだけどさ、島田の旦那が策を授けちまったんだよ。ねえ、八五郎さん」

八五郎は猪口の酒をあおる。

「あいつら、おれを馬鹿にしやがって。尻まで蹴って、おれを舞台から落としやがった」

松吉は満足げだ。

「わははは。教えた通りにやってるじゃねえか」

「そうしたら、旦那が棒切れを左官の鏝だと思えって言うからよ。どうでえ、五本の棒切れを見事に立ててやったぜ。ざまあ見やがれ」

万造は苦笑いをする。

「旦那〜、余計なことは教えねえでくだせえよ。せっかく八五郎さんを笑い者にできるところだったのによ」

鉄斎は美味(うま)そうに酒を呑んだ。

「しかし、源助と三平で〝源平合戦〟とはよく名付けたものだ。面白かったな。あんな芝居は観たことがない」

万造は鉄斎に酒を注ぐ。

「そうなんでさあ。見世物小屋といやあ、曲芸か三文芝居(さんもんしべえ)、それから田五郎お得意のインチキ見世物でさあ。お栄ちゃんが、あの二人を連れてきて、二人のやりとりを見てたら、これが滅法面白(めっぽうおもしれ)え。なあ、松ちゃん」

「ああ。どこにでもある暮らしの中のあれこれが、一番面白えんじゃねえかって気づいたんでさあ。だから、客を巻き込むことにしたんで。その方が客とひとつになれるじゃねえですか」

鉄斎は頷く。

「それに、あの〝源平合戦〟は理にかなっているのだ」

八五郎は首を捻る。

「そりゃ、どういうことで……」

「江戸者と田舎の百姓という二人のやりとりだが、江戸者が田舎の者を馬鹿にすると後味が悪くなる。だが、百姓の方が一枚上手で、江戸者がやり込められる。だから笑えるのだ」

お染は思い出したように笑う。

「言われてみれば、その通りだねえ。帰りがけに、近くの客たちが話してたよ。こんな面白い芝居は観たことがないって」

万造は酒を呑んだ。

「それに、あの二人は相性がいい。間がいいってえか、嫌味がねえってえか。その場でなんとかなっちまうから驚くぜ」

松吉は頷く。

「それに、衣装だの小道具だのに、金がほとんどかからねえ。田植えに使った笊はここにあったもんだし、棒切れは寅吉に作らせた。客の払った金は丸々儲けになるって寸法よ」

お栄がやってきた。

「本所界隈では、かなり噂になってるよ。田五郎小屋で面白いものを演ってるって」

松吉は厨の中を覗いて、晋助がいるのを目に留めると声を落とした。

「晋助のおやじは知ってるのか。源ちゃんがあんなことをやってるって……」

お栄は何も言わずに首を横に振った。

四

田五郎小屋は連日の大入りが続いていた。

「おめえに田植えができねえことは、よーくわかった。これからは百姓を馬鹿にするんじゃねえぞ」

源助も黙ってはいない。

「それなら、他のことで勝負してやろうじゃねえか。百姓のできることくらい何でもやってやらあ」

「よ〜し。それなら次は、肥担ぎだな」

三平は舞台の上手に消えると、天秤棒を持ってくる。天秤棒の両端には桶が吊るしてある。八百屋の金太が使っていた棒に手を加えたものだ。

「いいか。下肥を畑まで担いで運ぶんだ。まずは、肥溜めから下肥をこの桶に汲む。やってみろ」

「どこに肥溜めがあるんでえ」

「おめえ、そんくれえのことは自分で考えろ」

「それじゃ、肥溜めはここにすらあ」

「よし。この柄杓で汲んでみろ」

源助は大きな柄杓で下肥を汲み、桶に入れる真似をした。三平は一度、上手に消えると勢いよく走り込んできて、源助の尻に飛び蹴りを食らわす。

「い、痛え。何をしやがる」

「違あべよ」

「何が違うんでえ」

「顔だっぺよ。下肥ってえのは、鼻がひん曲がるくれえ臭えんだぞ。臭そうな表情をしなきゃ駄目だっぺよ。やってみな」

　源助はどんな表情をしたらよいのかわからず、目をむいて、唇を尖らせながら下肥を汲んだ。客は大笑いだ。

「それじゃ、ひょっとこだっぺよ」

　三平は源助の尻を蹴る。三平は倒れた源助を指差して大声を出す。

「あっ〜」

「い、痛え……。ど、どうしたんでえ」

「おめえが倒れたとこ、そこは肥溜めだぞ〜」

　源助は焦って立ち上がる。

「うわあ〜、こっちに来んじゃねえ。おめえは肥溜めに落ちたんだぞ。臭えから、こっちに来んなって言ってっぺよ」

　三平は源助から逃げまどう。客は拍手喝采だ。三平は、抱きつこうとしてくる源助に尻をむけて「ペッ」と屁をお見舞いした。源助は鼻をつまむ。

「うわあ〜。おめえの方が臭えだろ。本物だしよ」

　客たちは転げ回って笑う。

「次は肥の担ぎ方だ。担いで歩いてみろ」

源助は天秤棒に肩を入れて肥を担ぐと、下手(しもて)の方に歩いていく。三平は上手(かみて)に消えると、走り込んできて、源助の尻に飛び蹴りを食らわす。

「腰が入ってねえんだよ」

源助は天秤棒もろとも転がる。

「ほれ、そんなに桶が揺れてたら、下肥がこぼれちまうべよ。腰が決まってねえからだ」

源助は倒れたまま、尻を摩っている。

「そんなら、担ぎ方を見せてくれや」

「よーし。よく見てろ」

三平は天秤棒に肩を入れて立ち上がり、勢いよく上手の方を向く。遠心力がついた桶が、源助の頭に命中する。

「い、痛(いて)え……」

三平が振り返る。

「どうした？」

今度は反対側から桶が回ってきて、源助の頭に再び命中した。

「い、痛え」

客席は大笑いの連続だ。

舞台が跳ねた後、楽屋で車座になって酒を呑む、源助、三平、万造、松吉。

三平はしみじみと語る。

「いやしかし、舞台に立つってえのは、こんなに気持ちのいいもんだとは知らなかったもんなあ」

源助は、三平の湯飲み茶碗に酒を注ぐ。

「まったく、おめえには驚かされるぜ。おめえの言う通り、百姓の三男坊で終わる男じゃねえってこった」

「違えねえや」

万造と松吉は笑った。源助は酒をあおる。

「おれも芝居小屋でたくさんの役者や芸人を見てきたが、本物ってえのは、そういるもんじゃねえ。舞台に立って飯が食えるには、持って生まれた才ってもんが要るんでえ」

　万造は「才ねえ……」と言葉を繰り返した。

「そうよ。〝間〟なんてえのは教えて覚えられるもんじゃねえ。〝嫌味がねえ〟なんてえのもそうだ。〝相性〟なんてえのもそうだろう。習うもんでも、作るもんでもねえ。持って生まれたもんだ。舞台で一番大切なのはそこなんでえ」

　松吉は「相性ねえ……」と言葉を繰り返した。

「聞いたぜ。あんたたちは二人で〝万松〟って呼ばれてるそうだな。〝万松は禍の元〟とか〝本所の大凶〟とか呼ばれてるそうじゃねえか。それは、あんたたちの相性が抜群ってことじゃねえのか」

　万造と松吉は苦笑いを浮かべる。

「本所の大凶ってえのは、はじめて聞いたがなあ」

「源ちゃん。それはおめえが作ったんじゃねえのかよ」

　源助は笑った。

「相棒との間で大切なのは信用だ。舞台なんてえのは何が起こるかわからねえ。客を舞台に引っ張り上げりゃ、なおさらでえ。こっちがこう振ったら、あっちがこう返してくれるとか、こっちに何も考えが浮かばないときは、あっちが何かをやってくれるとか、それが信用だ。それには、年上も年下も、江戸者も田舎者もねえ。人と人の相性なんでえ」

万造は頷く。

「それを、この三平との間で感じるってことかよ」

「ああ。三平はどうだかわからねえがな」

「三平はどうなんでえ」

三平は湯飲み茶碗を置いた。

「難しいことは、よくわからねえ。だが、自分たちのやったことで客が笑うってえのは嬉しいもんだな」

源助はその湯飲み茶碗に酒を注ぐ。

「客が笑うってことは、おれたちが抜群の間で、相性がいいってこった」

田五郎がしたり顔でやってきた。

「今日も大入りだったぜ。これはおめえたちの取り分だ」

田五郎は四人の前に金を置いた。その金を見た松吉は顔をしかめる。

「田五郎さんよ。おめえが半分持っていくってえのは、取りすぎなんじゃねえのか。こっちは四人なんだぜ」

田五郎は懐から算盤を出して弾きだす。

「大黒天のご開帳で、おめえたちがこしらえた借金がこれだけだろ……。それに利子がついて……。それから、おめえたちが毎晩呑んでる酒代が……」

万造が算盤を叩いて御破算にする。

「どこでそんな小芝居を覚えてきやがったんでえ」

小屋の若い者が顔を覗かせる。

「お客さんですけど……」

田五郎は救いの神に表情を緩める。

「そ、そうかい。こっちに入ってもらいなさい」

暖簾をかき分けて入ってきたのは、恰幅のよい男だ。その男を見た田五郎が驚く。

「元締……」

「ちょいと、座らせてもらっていいかい」

田五郎は大仰に席を空けると、分厚い座布団を持ってきて置いた。

「興行の元締、辰三郎さんだ。奥山をはじめ、諸国の興行を取り仕切っているお方だ。このお方に逆らったら、興行を打つことはできねえ。江戸だけじゃねえぞ」

辰三郎は笑いながら座布団に座った。

「ここだけは違うがな。こんな、まゆつば小屋と関わりがあると思われたら迷惑だ」

田五郎は身を小さくする。

「そ、それで、今日はどのようなご用件で……。ま、まさか、この小屋を取り潰すなどという……」

辰三郎は鼻で笑った。

「自惚れるな。こんな小屋がどうなろうと知ったことではないわ。じつはな……」

辰三郎は小さな咳払いをした。

「評判を聞いて、源平合戦を観たが……、面白かった」

辰三郎は源助と三平の顔を見る。

「名は何という」

源助と三平は、辰三郎の風格に圧倒されて膝を正した。

「源助と申しやす」

「三平です」

辰三郎は頷いた。

「源助に三平か。お前たち、これからどうするつもりだ。本気で打ってでる気があるなら相談に乗ろう」

田五郎は驚きを隠せない。

「おめえたち。元締が直々に声をかけることなんざ滅多にねえんだ。ありがてえ話じゃねえか」

源助と三平は顔を見合わせ、小さく頷いた。お互いの考えていることがわかるのだろう。

「ものになるかはわかりやせんが、やってみてえと思っておりやす」

「おらもやってみてえ」

　辰三郎は懐から分厚い財布を取り出した。

「田五郎よ。この二人を使った興行は、あと三日にしてほしい。お前さんの小屋も悪いようにはしないつもりだ」

　田五郎は頭を掻く。

「えっ。そ、そうですかい……。しばらく続けてもらいてえと思っておりやしたが、元締がそうおっしゃるのなら仕方ねえです」

　辰三郎は財布から小判を五枚取り出して、源助と三平の前に置いた。

「これは手付けだ。この興行が終わったら、私のところに来なさい。お前さんたちなら新しい形の舞台ができるかもしれない。いや、必ずできる。頑張れば、一か所での興行で五両、十両の金が稼げる芸人になれるはずだ」

　辰三郎は、そう言い残すと楽屋から出ていった。万造、松吉、源助、三平、田五郎の五人は五枚の小判を見つめている。万造はポツリと――。

「さて、この五両の配分だが……」

　源助は万造の言葉を止める。

「ちょっと待った。これは元締が手付けと言って、おれと三平にくれたもんでえ」

「そうだ。その通りだ」

松吉も黙ってはいない。

「だが、その段取りをしたのはだれなんでえ。おめえたちの力だけで、この五両を手にしたわけじゃねえだろう」

田五郎も追い打ちをかける。

「そうだ。小屋を貸してやった、この田五郎の力だ」

万造と松吉が、田五郎につかみかかる。

「ふざけるねえ。おめえは、興行が打てねえ小屋を大入りにしただけで御(おん)の字だろうがよ」

「何が小屋を貸してやったでえ。泣いて頼んだくせによ」

「うるせえ。小屋がなきゃ興行は打てねえんだよ」

「三平。どさくさに紛(まぎ)れて小判を懐にしまうんじゃねえ」

五人は入り乱れて五両を奪い合った。

田五郎小屋で最後となる源平合戦は相変わらずの大入りだ。お馴染みになった〝田植え〟から〝肥担ぎ〟と続き、客は大笑いだ。

「しかしよ、おらが立派になって故郷に錦さ飾ったら、かあちゃんはびっくりすっぺなあ」

「おめえが故郷に錦を飾れるわけがねえだろ」

「そんなことはねえ」

客席から声が飛ぶ。

「奥山の芝居小屋から引き抜かれたそうじゃねえか〜」

「故郷に錦を飾るのも夢じゃねえぞ〜」

三平は手を振って応える。

「ありがとうよ。こんな小汚え芝居小屋とも今日でおさらばだ」

源助が拍手を求めると、客席からは拍手が巻き起こる。

「そんなら、立派になって故郷に帰ったときの稽古をしとこうじゃねえか」

「なんだっぺ、その稽古っつーのは」

「おっかさんと会ったときの稽古だ。今、おっかさんを連れてきてやるから」

源助は舞台から飛び下りて、おっかさんになれそうな女を物色する。

「三平のおっかさんはどこだ～」

女たちは三平のおっかさんにされて、舞台に上げられては堪らないと思い、下を向く。一人の女を除いて……。

「あっ。三平のおっかさんだ」

源助はその女の手を握って、舞台に引き上げようとする。

「何すんだい。あたしは、あの人のおっかさんなんかじゃないよ」

舞台の袖から、その様子を見ていた万造と松吉は頭を抱える。

「あ、ありゃ、お里さんじゃねえか」

「馬鹿野郎。よりによって……。滅茶苦茶になるぜ」

源助は舞台に上げたお里を、無理やり座布団に座らせた。三平はお里に駆け寄り、隣に座る。

「かあちゃん。三平、ただいま戻りました」

「あたしは、あんたなんか知らないよ」

　三平は手の甲で涙を拭う。

「かあちゃん。おらのことを忘れちまったのか。おらの顔をよく見ろ。かあちゃんが産んだ三男の三平だ」

　源助は客席にも聞こえるような声で、お里に耳打ちする。

「芝居なんだから〜、芝居。適当に合わせてやってくれよ」

　お里はまだ自分の立場を呑み込んでいないようだ。

「だって、あたしには娘しかいないんだから。それじゃ、何かい。あたしが亭主以外の男にうつつを抜かして、この三平とかいう子を産んだっていうのかい。冗談じゃないよ」

　客席は大笑いだ。三平はお里に近づく。

「かあちゃん。しばらく見ねえ間に汚え顔になったなあ」

「あんたにそんなことを言われる筋合いはないよ。この顔は生まれつきだ」

「かあちゃん。覚えてるかい。おらが、ひと旗揚げてやるって村を飛び出した日のことを……」

「覚えてるわけないだろ。今日はじめて、あんたに会ったんだからさ」

源助はお里に耳打ちする。

「それじゃ、芝居にならねえだろうが。話を合わせてやってくれよ」

三平は懐から小判を一枚、取り出した。

「おらは江戸で役者になって、金を稼げるようになったんだよ。これは少ねえが、かあちゃんへの小遣えだ。取っといてくんな」

お里はその一両に飛びついた。

「三平。ありがとうよ」

「かあちゃん。金を出したときだけ、おらのことを思い出すのか。そりゃ、ねえわ」

客席は笑いの嵐だ。

「かあちゃん。その金を返してくれ。元締から手付けでもらった金なんだから」

三平は小判を取り返そうとするが、お里は握った手を開かない。

「返せ。これは芝居じゃねえんだから。返せ〜」

「一度、懐から出した金を返せだと〜。それでもお前は江戸っ子か〜」

「おらは江戸っ子じゃねえ。百姓の三男坊だっぺよ」

客たちは転げ回って笑う。なんとか小判を取り上げた三平は、追い払うようにお里を舞台から下ろした。

「まったく、江戸ってえのは油断も隙もねえとこだなぁ」

三平は舞台の袖にいる万造と松吉に目をやった。万松の二人は小さく頷く。

「おらたちは、明日から坪井童子一座の前座として諸国を回ることになった。坪井童子一座といやあ、諸国から引く手あまたの一座だ。まずは前座だがよ、かならず坪井童子一座を食って、名を揚げてやっから」

客席からは「頑張れよ〜」の声がかかる。三平は源助に向かって――。

「そうだ。しばらくは江戸に帰ってこれねえから、おめえも、おとっつぁんに別れの挨拶をしといた方がいいぞ」

三平は舞台から飛び下りた。

「源助のおとっつぁんは、どこにいんだ〜」

三平は客席の間を割り込むようにして奥に進む。一番後ろで立ち見をしていたお栄が、一人の男を指差した。

「おお。源助のおとっつぁんじゃねえの。捜したんだど。ほら、ちょいと舞台さ来てくれ」

周りの客たちも、手を叩いて囃(はや)し立てる。三平はその男の手を力任せに引っ張ると舞台に上げて、座布団に座らせた。

「ほら、源助さんよ。ここに来て、おとっつぁんに挨拶しろよ」

源助はその男の顔を見て、言葉を失った。

「ほれ。早く別れの挨拶だっぺよ」

源助は男に近づいた。

「よく、いけしゃあしゃあと、こんな舞台(ぶてえ)に出てこれたな」

男は黙っている。三平は二人の顔を交互に見てから――。

「な、なんでえ。おめえのおとっつぁんは、人前に出てこれねえような人だったのか」

「ああ。仕事はしねえで博打三昧(ざんまい)。たまに勝ったら勝ったで、吉原(なか)に居続けやがって。おっかさんがどれほど苦労したと思っていやがる」

「なるほどなあ。よく見てみると、女好きだって面(つら)をしてんな」

客席は大笑いだ。

「おっかさんが、息を引き取る前に何て言ったか覚えてるか」

男は黙ったままだ。

「〝源助、おとっつぁんを恨むんじゃないよ〟だ。おっかさんがどんな気持ちでそんなことを言ったのか……。おれは、それを思うと悔しくて、悔しくて……」

源助は涙を隠すために、手の甲を目にあてた。三平はその男に――。

「おとっつぁんよ。源助さんの言ってることは本当なのか。だったら謝るしかねえぞ」

男は源助に向かって手をついた。

「お曽根には本当にすまねえことをしちまった。今さら謝ったところで後の祭りだが……。おれは、おめえが飛び出していってから、心を入れ替えた。博打も酒もやめた。源助、おめえにも辛え思いをさせちまったなあ……」

「気づくのが遅すぎるんでえ」

三平は二人の間に入った。

「源助さんよ。おとっつぁんもこうして謝ってんだから、許してやったらいいべよぉ」

「冗談じゃねえ。謝って済むんだったら何だってできらあ」

「だがよ、だれにだって手前を見失っちまうときがあるっぺよ。それを許してやれるのが親子ってもんじゃねえのか」

客席からも声が飛ぶ。

「源助〜。勘弁してやれや〜」

「そうでえ。江戸っ子の心意気をみせてやれ〜」

三平は臭い芝居にありがちな、わざとらしい表情で遠くを見つめた。

「おっかさんは〝おとっつぁんを恨むんじゃないよ〟って言ったんだべ。おっかさんは、遺された二人に仲良くしてもらいてえんじゃねえのか。源助さんと、おとっつぁんが仲直りすることが、おっかさんへの供養になるんじゃねえのか」

三平は男に耳打ちする。もちろん客席にも聞こえる声で――。

「ここで、源助と抱き合って泣けよ。ほら、源助さんもだよ。ほら、早く。さもねえと芝居が終わらねえべよ」

三平は、源助を男に押しつけた。源助と男は見つめ合う。

「源助。すまなかった」

「おとっつぁん……」

　二人は抱き合った。客席からは投げ銭と共に、掛け声がかかる。

「いよっ。日本一～」

「音羽屋～」

「後家殺し～」

「人情芝居もできるんじゃねえか～」

　三平は飛んできた銭を拾い集める。

「食べかけの饅頭とか投げてんじゃねえよ。銭にしろよ。銭に。一文銭ばっかじゃねえの。江戸っ子は宵越しの銭は持たねえって聞いたけどよ。しみったれしかいねえべよ」

　笑いが渦巻く客席の中で、お栄だけが目頭をおさえていた。

　小屋がお開きになった後、田五郎小屋の舞台では、源助と三平を送る宴が開かれていた。

源助は酒をあおった。

「まったく、おめえたちにはやられたぜ」

お栄は源助の猪口に酒を注いだ。

「ごめんね、源助あんちゃん。あたしが仕組んだことなの。だって、どうしても晋助伯父さんと仲直りしてほしかったから。晋助伯父さんがどんな気持ちでいたか、ずっと一緒にいた、あたしにはわかっていたから……」

お栄の目からは涙が溢れる。松吉はお栄に手拭いを渡したが、あまりに汚かったので突き返された。

「源ちゃんよ。おれたちも片棒を担いじまったが、勘弁してくれ。お栄ちゃんの願いを叶えてやりたくてよ。ところで、お栄ちゃん。何と言って晋助のおやじを連れ出したんでえ」

「面白いって評判の芝居があるから観に行こうって。店を開けるまでには戻れるからって」

「出不精のおやじを、よく引っ張り出せたなあ」

「晋助伯父さん……。もしかしたら、気づいてたのかもしれないなあ。なんだか、そんな気がする……」

　万造は三平に酒を注いだ。

「三平よ。それにしても、天晴(あっぱ)れな切り回しだったじゃねえか。客は見事に騙されてたぜ」

　三平は胸を張った。

「おらは源助さんの相方だかんな。源助さんの心の中がわかるんだ。万造さんと松吉さんにも負けねえ相性だぞ」

「ふざけるねえ。おれと松ちゃんと比べるなんざ十年早(はえ)えや。なあ、松ちゃん」

「違(ちげ)えねえや。だが、三平は本当に故郷に錦を飾る男なのかもしれねえなあ。なんだかそんな気がしてきたぜ」

　三平は照れ臭そうに頭を掻いた。お栄は、源助に尋ねる。

「あの後、晋助伯父さんとは、ひと言も話をしなかったの？」

　源助は頷いた。

「ああ。なんだかバツが悪いじゃねえか」

　源助はゆっくりと酒を呑んだ。

「舞台(ぶてぇ)でおとっつぁんと抱き合ったとき、おれの背中が教えてくれたんだ。おとっつぁんの手は、ガキのころ、おれを抱き上げてくれた手と同じだった。ごつごつしてて、あったかくて……。おとっつぁんは、あのころのおとっつぁんに戻ったんだよってな」

お栄は涙を拭った。

「源助あんちゃん。明日の朝には旅立つんでしょう。このまま行っちゃうの？」

源助は頷いた。

「おれは、いっぱしの男になるまで帰(けえ)ってこねえと啖呵(たんか)を切って家を飛び出したんでえ。三平と二人で頑張ってよ、でっけえ小屋で看板を張れるようになったら、改めておとっつぁんに恨みつらみを言ってやらあ」

松吉は、みんなの猪口に酒を注ぐ。

「それじゃ、源ちゃんと三平の門出(かどで)を祝って乾杯(かんぺえ)といくか」

笑い声が絶えない宴席が続く中、源助はお栄に囁く。

「お栄。ありがとうよ。おめえのおかげで、思い残すことなく旅立てらあ。おとっつぁんのことは頼んだぜ」

「必ず帰ってきてよ」

「ああ。次に帰ってくるときにゃ、お栄は松ちゃんの女房(にょうぼう)か……」

「源助あんちゃん……。き、気づいてたの？」

「おれの目は節穴(ふしあな)じゃねえや。幸せになるんだぜ」

お栄は〝うん〟と言って、力強く頷いた。

本所おけら長屋（十七）　その四

みなのこ

一

　おけら長屋に住む呉服問屋の手代、久蔵が同じおけら長屋に住んでいた卯之吉とお千代の娘、お梅と所帯を持ったのには、込み入った経緯がある。

　お梅は十七歳のときに、湯屋で見知らぬ男に襲われて身籠もってしまった。お梅はそのことを親にも打ち明けることができずにいたが、無情にも腹はせり出してくる。

　さらにお梅を苦しめたのは、お梅が久蔵に思いを寄せていたことだ。久蔵と所帯を持つことを夢見ていたお梅だが、それは叶わぬ夢になってしまう。

　お梅の思いを知った万造と松吉は、久蔵を諭した。

「このままじゃ、お梅ちゃんがあんまりかわいそすぎらあ。卯之吉さんやお千代さんだって見るに忍びねえ。幸せになってほしいと願っていた一人娘がこんなことになっちまってよ。もし、お梅ちゃんが好いていたのが、この、おれだったらすぐにでも所帯を持つぜ。それが男ってもんだろう。そうすりゃ、すべてが丸く収まるんでえ」

「お梅ちゃんは、酷え目に遭って、父親のわからねえ子を宿しちまった。これから腹だってせり出してくるんだ。その姿を同じ長屋に住んでる好いた男に、さらさなきゃならねえんだ。こいつぁ、辛えぜ。久蔵。おめえさえ首を縦に振ってくれりゃ、お梅ちゃんの心の傷だって癒えるに違えねえ」

半ば脅しにも似た諭しだったが、久蔵は自らの意思でお梅と所帯を持つことにした。

戸惑いもあった久蔵だが、亀吉が生まれてからは、亀吉を他人の子だと思ったことなど一度もない。

天気のよい日には、亀吉を連れて長桂寺の境内に行くのが、お梅の日課だった。

おけら長屋にいる子供は亀吉だけなので、遊び相手がいないからだ。万造や松吉が遊んでくれることもあるのだが、サイコロを転がしたり、花札を捲ったりと、ロクな遊びを教えない。

八五郎はもっと酷い。まだ片言しか喋れない亀吉に向かって「いいか、亀吉。江戸っ子は、一度懐から出した金を引っ込めちゃならねえ」だのと教え込む始末だ。やはり、子供は子供と遊ぶのが一番だ。

長桂寺の境内には、小さな子供を連れた母親たちが集まる一角がある。

その日、お梅と亀吉が境内に着くと、そこで遊んでいたのは、緑町一丁目の寒天長屋に住む表具師、恒太郎の女房、お竹と長男の忠吉だ。

「あら、忠吉ちゃん。今日は早いのね」

そう話しかけるお梅の手を振り解き、亀吉は、たどたどしい足取りで忠吉に駆け寄る。忠吉と亀吉は、生まれた日も近く、恰好の遊び相手だ。お梅とお竹は、追いかけ合う亀吉と忠吉を眺めながら世間話に興じる。話題は子供のことだ。

「亀吉ちゃんは、ずいぶん速く走れるようになったね」

「うん。忠吉ちゃんと比べたら、立つのも歩くのも遅かったから、心配してたけど……」

「でも、今は忠吉よりも速く走れるじゃない。子供なんてそんなもんなんだよねえ。言葉は話せるようになってきた？」

「まだまだだけど、こっちが話してることはだいぶわかってきたみたい」

「忠吉もそうだよ。自分が言いたいことが相手に伝わらないと、地団駄踏んで悔しがるから」

「あはは。あるある」

お梅とお竹は、亀吉と忠吉を眺めながら、そんなたわいもない話をして目を細める。

「何かしら」

本堂の方から何やら大声が聞こえた。そして、「だれか来て～」と叫ぶ女の声も……。お梅とお竹は顔を見合わせた。

「亀吉。ここから動いちゃ駄目だよ」

「忠吉もだよ。いいね」

亀吉と忠吉は、ただならぬ気配を感じたのか、立ちすくむ。

お梅とお竹が本堂に駆けつけると、裏手から火の手が上がっている。燃えているのはゴミ溜のようだ。慌てているのは長桂寺の女中だ。

「ゴ、ゴミ溜の中に灰を捨てたら、まだくすぶっていたみたいで。は、早く消さないと、本堂に燃え移ったら大変なことになる」

「井戸はどこですか」

「そ、その裏に」

お梅とお竹は井戸に走り、水を汲んできてゴミ溜にかける。

ゴミ溜は燃えてしまったが、本堂からは離れたところにあり、大事に至らずに済んだ。

亀吉と忠吉のところに戻った二人は、同時に足を止めた。

地面に座り込んで泣く忠吉。その横で茫然と立ち尽くしているのは亀吉だ。顔をおさえている忠吉の指の間からは血が滴り落ちている。

「忠吉〜」

お竹は忠吉に走り寄る。お竹が忠吉の手を顔から離すと、瞼のあたりがパックリと割れて、血が流れ出ている。

お竹は、うろたえるばかりだ。お梅は亀吉の両肩をつかんで揺さぶる。

「ど、どうしたの？　亀吉。な、何があったの？」

お梅は亀吉の右手を見て絶句する。亀吉が子供の拳ほどの石を握っていたからだ。

「か、亀吉……。お前が、この石で忠吉ちゃんを……」

亀吉は握っていた石を落として、泣きだした。寺男と寺の女中が駆けつける。

「そんなことよりも、早く医者に診せねえと……」

お梅は寺男にすがる。

「海辺大工町の聖庵堂まで運んでください。すぐそこですから」

お梅はうろたえるだけのお竹に代わって、忠吉の傷口を手拭いでおさえた。そして、泣きじゃくる亀吉を女中に押しつける。

「この子をお願いします。さあ、早く。忠吉ちゃんを聖庵堂に」

寺男は忠吉を抱き上げると、お梅の後を追う。お竹は忠吉に寄り添うようにして、声をかけ続けた。

「忠吉〜。す、すぐにお医者さんに診てもらえるからね。忠吉〜」

お竹は涙声で名前を呼び続けた。

運よく聖庵堂には、聖庵もお満もいて、忠吉は奥の座敷に運ばれた。お竹とお梅は待合で待った。お梅は、お竹に何と声をかけたらよいのかわからない。忠吉に怪我をさせたのは亀吉なのだろうか。そうではないと信じたいお梅だが……。

「ご、ごめんなさい。もし、亀吉が怪我をさせたのなら……、ごめんなさい」

手拭いを目にあてて泣いていたお竹は、険しい表情になる。

「させたのならって……、亀吉ちゃんがやったに決まってるじゃないの。亀吉ちゃんは石を握っていた。近くにはだれもいなかったのよ。他にだれがやったっていうのよ」

お梅は言葉遣いを間違えたと後悔した。自分がお竹の立場だったら、同じことを思うはずだ。

「そういう意味じゃ……。本当にごめんなさい」

その場は凍りついたようになった。それから二人は言葉を交わさなかった。

どれくらいの時間が過ぎたのだろうか。引き戸が開いて待合に入ってきたのは聖庵だ。二人は同時に立ち上がる。

「先生。忠吉は……、忠吉はどうなりましたか」

聖庵はゆっくりと腰を下ろした。

「瞼の傷はふさがった。傷痕は残るだろうが、まあ、そう気にはならんだろう」

お竹は安堵したのか、大きく息を吐きだした。

「だが……」

聖庵の言葉に、お竹はその息を止めた。

「眼球に傷がついているようだ」

お竹は聖庵に近寄る。

「傷がつくってどういうことですか。ま、まさか、目が見えなくなるなんてことはないですよね」

「そんなことにはならんと思うが……」

「どうなんですか。はっきりと言ってください」

「見えにくくなることは、あるかもしれん」

「もしそうなったとしても、治りますよね。治していただけますよね、聖庵先生」

「しばらく様子を見なければ何とも言えんが、一度見えにくくなった目を治すことは難しいだろうな」

「そ、そんなあ……」

聖庵は立ち上がった。

「眼球は包帯がとれてから、治療をする。お竹さんといったな。とりあえずは子供のところに行ってやりなさい。こっちだ」

お竹は、聖庵の背中を追うようにして歩き出したが、立ち止まって振り向く。

「もし忠吉の目が見えなくなったら、亀吉ちゃんのせいだから。亀吉ちゃんのせいだからね」

お竹は低い声でそう言うと、部屋から出ていった。

お梅は重い足取りで、おけら長屋に向かった。聖庵堂で働く松吉の義姉（あね）、お律（りつ）に、長桂寺に行って、亀吉をおけら長屋に連れて帰ってくれるよう頼んでおいた。

井戸端にいたのは、お里、お咲、お奈津、お染の四人だ。お里は、お梅に駆け寄る。

「あらましはお律さんから聞いたよ。大変だったねえ」

おけら長屋に住む女たちの顔を見たお梅の目からは、涙が溢れだした。

「か、亀吉が忠吉ちゃんに怪我をさせて……、忠吉ちゃんの目が見えなくなるかもしれないって……。ど、どうすれば……、どうすればいいんですか……」

お染が、お梅の肩を抱く。

「落ち着きなさい。こんなときは、母親がしっかりしなきゃ駄目なんだよ。何があったのか、順を追って話してごらん」

お梅は鼻を啜りながら、長桂寺での出来事を話した。

「それじゃ、亀吉が忠吉って子に怪我をさせたところは見ていないんだね」

お梅は頷く。

「でも、そこには亀吉と忠吉ちゃんしかいなかったし……。亀吉は石を握っていたし……」

「だからといって、亀吉がやったとは限らないじゃないか」

お咲は小さく唸る。

「うーん。そうは言ってもねえ……。忠吉っていうのは、緑町の寒天長屋の子だろ。お奈っちゃん、知ってるかい」

「確か、恒太郎っていう表具師の子だったと思いますけど」

お染は、お梅の背中を摩りながら――。

「それで、忠吉ちゃんのおっかさんは、何て言ってるんだい」

お梅の背中は震えだす。

「お竹さんは私を睨んで……。もし、忠吉ちゃんの目が見えなくなったら、亀吉のせいだからって……」

お染は、泣き崩れるお梅を支える。お奈津の表情は険しくなる。

「なんてことを言うんだい。子供がやったことなのに」

お染は同調しない。逆にお梅を苦しめることになるかもしれないからだ。

「仕方ないさ。あたしだって、そのお竹さんって人の立場になったら、同じことを言うかもしれないよ。自分の子供が大怪我をしたら取り乱すだろうからねえ。でも、それは、お竹さんの本心じゃないと思うよ。それよりも、お梅ちゃん。亀吉の前で、泣いたりするんじゃないよ。いいね。あんたは母親なんだから。亀吉を守ってあげることができるのは、お梅ちゃんだけなんだからね」

お梅は小さく頷いた。

家に戻った久蔵は、お梅の話を落ち着いて聞いている。

慌てふためくと思っていたお梅は、久蔵の様子に驚いた。久蔵は積み木で遊んでいる亀吉の前に座った。そして一緒に遊びだす。

「亀吉。今日は長桂寺の境内でだれと遊んだんだ。忠吉ちゃんか」

亀吉は楽しそうに積み木を積んでいる。亀吉にどこまで話が通じているのかは、わからない。

「そうか……」

久蔵は、笑顔で亀吉の頭を撫(な)でた。そして、お梅の前に戻る。

「亀吉はやっていない。私にはわかる。世間の人たちがどう思おうが、私たちだけは亀吉を信じよう。だけどね、忠吉ちゃんは怪我をした。お梅の話を聞く限りでは、亀吉がやったと思われても仕方ないだろう。だから、先様に行って謝ろう」

「亀吉はやってないのに？　亀吉の事を信じているのに謝るの？」

久蔵は笑顔のままだ。

「そうだよ。仕方ないだろう。謝らなかったら世間の人は何て思うだろう。他人の子に怪我をさせておいて、謝りもしない親の事を。亀吉の立場を、もっと悪くするだけだよ。だから謝るんだ。親ならできるはずだ。そして、私たちが亀吉を信じてあげればいいんだ」

お梅は、久蔵の思いもよらぬ言葉に、胸を詰まらせる。

「そ、そうだね。お前さんの言う通りだね。ありがとう、お前さん。亀吉を信じてくれて……」

久蔵は、むっとした表情(かお)で――。

「なんだい、その言い方は。まるで亀吉が自分だけの子みたいな言い方じゃないか。亀吉は、私とお梅の子なんだからね」

久蔵はそう言うと、お梅に優しく笑いかける。

一人で遊んでいた亀吉が、積み木を置くと、久蔵の膝(ひざ)に抱きついた。

「だあ、だ」

久蔵は嬉しそうに微笑んで、亀吉を抱き上げると、頬ずりをした。

翌日の夕刻、久蔵とお梅は菓子折を持って、寒天長屋にある恒太郎の家を訪ねた。

座敷の隅で寝ている忠吉の顔は、片方の目が包帯で覆われていて、見るからに痛々しい。

恒太郎とお竹の前で正座をした久蔵とお梅は、深々と頭を下げた。

「この度は、本当に申し訳ありませんでした」

久蔵は〝亀吉が怪我をさせて〟という言葉は付け加えなかった。

「まだ分別もつかねえ子供がやったことですから。お竹にも文句を言ったんでさあ。なんで、子供を二人っきりにしたんだってねえ」

お竹は恒太郎の物言いが不満らしく、さらに表情を険しくさせた。

「それで、聖庵先生のお診立ては、どのようなものなのでしょうか」

恒太郎は一度、お竹に目をやってから——。

「傷は十日もすりゃあ、ふさがるってことです。あっしもガキのころから腕白三昧で身体中、傷だらけですがね、目となるとねえ……」

恒太郎は腕を組んだ。

「聖庵先生は、しばらく様子を見るしかねえっておっしゃったそうですが、目に差し障りが出ちまうとねえ……。ご覧の通り、あっしは職人で、忠吉も職人にするつもりでしてね。お店者って柄じゃねえでしょう。目に差し障りが出ちまうと、細けえ仕事ができなくなるかもしれねえ。それが気がかりで」

そう言われると、返す言葉がなくなってしまう。

「できるだけのことはさせていただきますから」

久蔵が言えるのはそれだけだ。俯いていたお竹が顔を上げた。

「できるだけのことって何ですか。お金ですか。そんなものは要りませんから、忠吉の目を元通りにしてください」

「無茶を言うんじゃねえよ。こうやって謝りに来てくれてるんでえ。野暮なことを言うんじゃねえ。それこそ、こっちが江戸っ子の面汚しだって笑われらあ」

「お前さんは、忠吉の目より、江戸っ子の面目の方が大切だって言うのかい」

恒太郎は苦笑いを浮かべる。

「昨日から、ずっとこの調子でしてね。まだ、忠吉の目に差し障りが出ると決まったわけじゃねえ。話はそれからってことにしましょうや」

久蔵とお梅は頭を下げ続けることしかできなかった。

二

松井町にある酒場三祐。万造と松吉の前に、したり顔で現れたのは大工の寅吉だ。

「何でえ。タダ酒にありつこうって魂胆か。てめえなんぞに呑ませる酒はねえ」

「真っ直ぐ汚え家に帰って、十匹目のガキでも仕込んでな」

寅吉は二人の間に割り込むようにして座った。

「十匹目……。確か次が九匹目だったような気がするがなあ……」

「てめえのガキが何人かわからねえんじゃ、世話ねえや。七匹じゃねえのか」

「ああ。一人、二人、いなくなったところで、おれも、おっかあも気がつかねえだろうよ」

松吉はお栄が投げた猪口を受け取ると、寅吉の前に置いた。

「せっかく来たんでえ。一杯くれえ恵んでやらあ」

松吉が酒を注ぐと、寅吉は美味そうに呑んだ。万造は面倒臭そうに――。

「それで、寅吉さんよ。おれたちに何か話でもあるんでしょうかね」

寅吉は猪口で膳を叩いて酒を催促する。

「つまらねえ話だったら、叩き出すからな」

寅吉は余裕を見せながら酒を呑む。

「どうしようかなあ。おめえたちに話して、騒動がでかくなるのも厄介だが、どうなるか見物するのも楽しみだしなあ。どうしようかなあ……」

「何でえ、そりゃ」

「やっぱり、騒動ってえのは、でかくなった方が面白えな。だが、怪我人や死人が出ても、おれのせいじゃねえ。そこんとこは頼むぜ」

万造はいらついてくる。

「もってえつけるねえ、早く言いやがれ」

寅吉は酒を催促する。

「柏屋って呑み屋があるだろう」

松吉は酒を注ぎながら――。

「緑町にある柏屋か」

「そうでえ。そこで八五郎さんが左官の仲間と酒を呑んでる。おれの見立てだと、間違えなく喧嘩になるな」

「その、左官の仲間とかよ。そんなこたあ、しょっちゅうじゃねえか」

寅吉は酒を呑んだ。

「いや、相手は近くの席で呑んでる奴らでえ。亀吉がどうのこうのと言ってたぜ。あの様子だと揉め事になるぜ。いや、もうとっくに血の雨が降ってるかもしれねえ」

柏屋は目と鼻の先だ。万造と松吉は顔を見合わせてから、飛び出していく。寅吉は徳利に残った酒を味わいながら呑んだ。

その四半刻（三十分）ほど前――。

仕事が早く終わった八五郎は緑町にある酒場、柏屋の暖簾を潜った。左官仲間の円助が行きつけの店だ。

「八五郎さんよ。この店の売りは豆腐の田楽なんでえ。味噌をつけてから二度焼きするんだが、ぜひ食べてもらいてえ。酒にも合うぜ」

「そりゃ、楽しみだ」

出てきた豆腐の田楽は、焦げ目がなんとも香ばしい。さっそく串に手を伸ばした八五郎に、円助が注釈を入れる。

「ちょっと待った。通の食べ方はよ、まず、箸の先に味噌をつけて舐めるんでえ。これがなんともいえねえ肴になるのよ」

八五郎は言われた通りにする。

「なるほどなあ。こりゃ絶品じゃねえか」

「そうだろう。味噌はたっぷりとあるからよ、この箸の先の味噌だけで二合は呑けるってもんでえ」

そのとき、近くの席から声が飛んできた。

「しみったれだねえ。見てて情けなくならあ。あははは」

知った顔と見えて、円助は意に介さない。

「そうかい。こういうのを〝こだわり〟っていうんじゃねえのかい。あははは」

「しみったれの、こだわりかい。こいつぁいいや。わははは」

その席で呑んでいるのは三人で、八五郎にも見覚えのある顔だった。一人は弥助という宮大工で、普請場では何度か顔を合わせたことがある。八五郎は自分の縄張りではないので、相手にしないことにした。だからといって、相手に屈する八五郎ではない。これ見よがしに、箸の先に味噌をつけて舐める。

「美味いねえ。乙ってえのは、こんな食い方のことを言うんだろうよ」

弥助は癇に障ったようだが、八五郎の腕っ節の強さは、本所界隈で知らぬ者はいない。

しばらくは、おとなしく呑んでいた弥助だったが、酒が回りはじめたこともあって、箍が外れてきた。弥助は大きな声で話しだす。

「この前、うちの長屋の忠吉ってガキが、おけら長屋の亀吉ってガキに怪我をさせられたそうでえ」

「そうなんですかい」

「ああ。なんでも石で目を殴(なぐ)られたとかで、忠吉は目が見えなくなるかもしれねえってこった」

「そりゃ、酷(ひで)えや。素手(すで)ならともかく、石で殴るたあ、男の風上(かざかみ)にも置けねえや」

「まったくでえ」

　八五郎は猪口を静かに置いた。

「ちょいと待ってくんな。しみったれだの、情けねえだのは笑って済ませるが、おけら長屋って話が出たんじゃ、聞き流すこたあできねえな」

　弥助は八五郎の方に向き直った。

「オレは、本当のことをそのまま語ってるだけだぜ」

「まだ喋ることもできねえガキに、男の風上も風下(かざしも)もねえだろう。それにな、亀吉が、その忠吉とかいうガキを石で殴ったところを見た者は一人もいねえそうだ。亀吉はやってねえんだよ」

「そんなことはねえ。亀吉の両親(ふたおや)が謝りに来たそうじゃねえか。両親が認めてるんでえ」

「そうでもしねえと、収まりがつかねえからよ」

八五郎もお里から話の成り行きは聞いている。おけら長屋の住人たちはみな、亀吉が石で殴ったりはしないと信じているのだ。弥助の声は大きくなる。

「それじゃ、だれが忠吉に怪我をさせたんでえ」

「そんなこたあ知らねえよ。だが、亀吉でねえことは確かだ」

そこに入ってきたのは万造と松吉だ。弥助は引かない。

「何でそんなことが言い切れるんでえ」

「おれが言ってるんだから間違えねえんだよ」

「八五郎よ。それはおめえの思い込みだろうが。だれが考えたって、亀吉がやったと思うに決まってらあ」

万造と松吉は八五郎に近寄る。

「八五郎さん。どうしたんでえ」

「おめえたちには関わりのねえ話だ。すっこんでろい」

弥助は酒をあおった。

「その亀吉ってガキには、おけら長屋の血が流れてるんじゃねえのかい。おけら長屋にゃ、喧嘩っ早え、八五郎って人もいるからよ」

「なんだと」

「それから、そこにいる、万松のお二人さんでえ。やったのにやってねえとごまかすのは、万松の十八番じゃねえか。かわいそうによ。亀吉ってガキも、おけら長屋に毒されちまったに違えねえ」

　万造は笑う。

「八五郎さんよう。話はなんとなく見えてきたぜ。どうやらおれたちに関わりのねえ話じゃ、なくなってきたみてえだな。はっきり、万松のお二人さんって耳に入ってきたからよ。なあ、松ちゃん」

「違えねえや。そんなわけだから、口火を切らせてもらうぜ」

　松吉は八五郎の前にあった、豆腐田楽の串を引き抜くと、豆腐田楽を弥助の顔にめがけて投げつけた。だが、豆腐田楽は右にそれて、弥助と一緒に呑んでいた男の顔面に当たり、砕け散る。

「な、何をしやがる」

　万造も、もうひとつの豆腐田楽を投げつける。今度は弥助の顔に命中した。

「当たり〜」

「てめえら。ただじゃ済まさねえぞ」

弥助は立ち上がる。八五郎は馬鹿にしたように笑う。

「なるほどねえ。おめえたちは、そうやって田楽を食べるのけえ。なんとも粋じゃねえか」

弥助は八五郎につかみかかろうとする。だが、その前に八五郎の拳が弥助の顔面をとらえた。万造と松吉は、残った二人に殴りかかる。相手の二人が不意の拳によって倒れた隙に、万松の二人は弥助の前に置いてあった徳利から酒をガブ呑みする。

「やっぱり、他人の酒は美味えなあ」

「まったくでえ」

倒れていた二人が起きあがって万造と松吉に襲いかかる。そして、三対三の取っ組み合いとなり、店の者や客たちは外へと逃げだした。膳は倒れ、徳利や皿は飛び散って割れる。店の中は滅茶苦茶だ。万造と松吉は、その隙をついて徳利の酒を呑むという妙技を披露した。

その夜、万造、松吉、八五郎の三人は徳兵衛の家に呼び出された。

「まったく、お前たちは何てことをしてくれたんだ」

大家の徳兵衛は顔を真っ赤にしている。その両脇に座っているのは、お染と鉄斎だ。

「亀吉のことだけでも大変だというのに、火に油を注ぎおって。大怪我をした者がいなかったのは不幸中の幸いだが、柏屋の店主の怒りは相当なものだ。金を請求されるらしいぞ。わしのところにきたら、どうするんだ」

うなだれていた三人だが、万造が痣だらけの顔を上げる。

「大家といやあ、親も同然でえ。すまねえが払っといてくれや」

「ふざけるな。先に手を出したのは、お前たちの方だというではないか」

右目の周りが青く腫れあがっている松吉は大袈裟に驚く。

「そんなことはねえ。先に手を出してきたのは向こうでえ。おれたちが先に出したのは豆腐田楽だ」

「ぶつける相手を間違えちまったがなあ。わははははは」

万造と松吉は大笑いする。

「笑ってる場合か。それでなくても地に落ちているおけら長屋の評判が、さらに落ちることになる。どうしてくれるんだ」

万造は首筋を掻きながら——。

「言わせていただきますがね、大家さん。地に落ちてるなら、もう落ちようがねえから心配ねえですよ」

「あははは。うまいねえ。万ちゃんの言う通りでえ」

徳兵衛は溜息をつく。

「まったく。この二人だけならともかく、八五郎さんまで一緒になって騒ぎを大きくするとは情けない」

八五郎は徳兵衛の目を正面から見つめた。

「それじゃ、大家さんは亀吉が石で殴ったと思ってるんですかい」

「そうは言っておらん」

「亀吉はやってねえんですよ。この命を賭けてもいい。亀吉はやってねえ」

「だがな、怪我をした方はどう思うんだ。世間はどう見るんだ」

「世間がどう見ようが、そんなこたあ、どうだっていいじゃねえか。大家さんは亀吉よりも世間体が大事だって言うんですかい。おけら長屋のおれたちが、亀吉を信じねえで、だれが信じるってんでえ」

お染が割って入る。

「わかるよ。八五郎さんの言ってることもわかる。でもねえ、お梅ちゃんにも立場ってもんがあるんだよ。母親同士の付き合いもあるんだよ。このままじゃ、お梅ちゃんと亀吉が村八分にされちまうかもしれないじゃないか」

お染の剣幕に、八五郎は口籠もった。お染は、ふっと息をつくと——。

「あたしだって、亀吉がやったとは思っちゃいないよ。じゃあ、どうすればいいのさ。忠吉って子が自分でやったとでも言うのかい。とりあえず今は謝って、その子の目に大事がないことを祈るしかないんだよ」

「もし、そのガキの目に差し障りが出たらどうするんでえ」

「まだ答えが出ていないのに、考えたって仕方ないでしょう。あたしは亀吉のことも信じてるけど、聖庵先生とお満先生のことも信じてますから。そうですよね、旦那」

鉄斎は微笑んだ。

「そうだな。それより、久蔵さんはどうしているのだろう。先方に伺って謝ったというところまでは聞いているが……」

鉄斎はそう言って冷めた茶を啜った。

久蔵は仕事帰りに長桂寺の境内を訪れた。

亀吉がやっていないのなら、だれかが忠吉に怪我をさせたことになる。庭を竹ぼうきで掃いているのは寺の女中だろう。

「ちょっと、お訊きしたいことがあるのですが」

女中は手の動きを止めた。

「何日か前、ここで小火騒ぎがあったそうですね」

女中の表情は明るくなる。だれかに話したくて仕方なかったのだろう。

「そうなのよ。だれが火事を起こしちゃったか知ってる？」

女中は自分の顔を指した。

「この、あ・た・し……。あははは。笑い事じゃないわよねえ。本堂に燃え移ったら死罪になったかもしれないのにさ。いえね、厨で使っていた灰をね、ゴミ溜の中に捨てちゃったのよ。ちゃんと消えてなかったんだろうね。ゴミ溜から火が出ちゃって、もう大騒ぎ」

よほど喋るのが好きなのだろう。それは久蔵にとっても都合がよい。

「その後で、小さな子供が怪我をしたって聞きましたが」

女中の小鼻が開いた。

「あれは驚いたわよ。瞼のあたりが割れちゃってね。すごい血が出てさ。一緒にいた子が石で叩いたそうだよ」

「その子が石で叩くのを見た人はいるんですか」

「いないと思うよ。あたしたちが駆けつけたときは、もう怪我をした後だったたから」

久蔵はあたりを見回した。

「そのときに、だれかを見かけませんでしたか。そこには大きな銀杏の木があるし、あそこには石碑もある。そこに隠れればわかりませんよね」

「そりゃ、そうだけどさ」

「この境内で、よく遊んでいる子はいますか」

「ああ、いるよ。ここで遊ぶ子は、ほとんどが近所の子だからね。あの刻限なら、いつも遊んでる子がいるんだけど、あのときは見かけなかったねえ」

「その子は、どこの子でしょうか」

「近くの地蔵長屋に住む、筆職人の子で千太郎っていう子さ」

「千太郎……。いくつくらいの子ですか」

「さあ。四、五歳ってとこじゃないかい。そういえば、ここのところ見かけないねえ。あんた、お店者だろ。そんなことを訊いてどうするのさ」

「い、いえ。べつに……。ありがとうございました」

「もういいのかい。この寺の墓場で幽霊が出るって話があるんだけど、聞いていかないかい」

「いえ、結構です」

久蔵の頭には〝地蔵長屋の千太郎〟という名が刻み込まれた。

湯屋がやっているのは、日の出から日没までと定められていたが、陽が暮れても、湯が冷める五ツ（午後八時）ごろまでは入ることができた。

だが、このころになると湯屋の中は薄暗くなる。そんな中、夢中になって喋っているのは寒天長屋に住む女たちだ。

「おけら長屋の連中は、亀吉が怪我をさせたってことを認めていないそうだよ」

「だって、恒太郎さんのところに、亀吉って子の両親が謝りに来たんだろ」

「そんなのは上辺だけのことさ。だれも、その場を見ていなかったのをいいことに、しらばっくれるつもりなんだよ。図々しいねえ」

「もし、忠吉の目に差し障りが残ったら、金をとられると思ってるのさ。だから認めないんだよ」

「往生際が悪いねえ」

「ところで、お初さん。あんたの亭主、弥助さんが、おけら長屋の連中に因縁をつけられた上に殴られたんだってねえ」

「まったく、おけら長屋ってえのは、とんでもない長屋だよ。本所の禍と名高き万松だけじゃないよ。左官の八五郎ってえのは、札付きの無頼漢だっていうじゃないか。とんだごろつきだよ」

弥助の女房、お初と喋っていた女の顔に、湯がかけられた。

「うわっ」

お初が振り返ると、暗がりの中に、全裸のお里、お咲、お奈津の三人が立っている。

「だ、だれだい、あんたたちは」

「ふふふ。あんたを狙ったんだけど、手元が狂っちまったよ」

お初は同じ言葉を繰り返す。

「だ、だれだい。あんたたちは」

「その、ごろつきの女房、おけら長屋のお里さんだよ」

お初たち、女三人は絶句する。

「黙って聞いてりゃ、言いたいことを言ってくれるじゃないか。しらばっくれるだの、図々しいだの、あつかましいだの……」

「あつかましいは、言ってないと思いますけど」

お奈津が茶々を入れるが、お里の耳には入らない。

「あんたたちが言ってた中で、正しいのは〝本所の禍と名高き万松〟ってとこだけで、他はぜんぶ、嘘っぱちじゃないか」

お初も黙ってはいない。

「嘘なんか言ってやしないよ。亀吉って、おけら長屋の子が、うちの長屋の忠吉に怪我をさせたくせに、認めないそうだね」

「おけら長屋はね、やったのなら、やったって言うさ。やってないから、やってないって言ってるだけなんだよ」

寒天長屋の女たちは、お初に加勢する。

「お初さん。弥助さんは、この女の亭主にやられたんでしょう。江戸の敵を長崎で討つっていうじゃないですか。助太刀しますよ」

その女はお里の顔めがけて、濡れた手拭いを投げつける。その手拭いは左にそれて、お咲の顔面に当たり、水が飛び散る。

「やってくれたわね」

お咲はその手拭いを、投げた女に向かって投げ返すが、右にそれて、お初の顔に当たった。

「何するのさ」

お初は、お里につかみかかる。女同士、三対三の取っ組み合いが始まった。素っ裸の女たちが、髪の毛をつかみ、引っ掻き、手拭いを振り回し、まさに阿鼻叫喚の地獄絵図。湯屋は大騒ぎとなった。

翌日、お里、お咲、お奈津の三人は徳兵衛の家に呼び出された。

「まったく、男どもが男どもなら、お前さんたちもお前さんたちだ。何てことをしてくれたんだ」

徳兵衛は顔を真っ赤にしている。その両脇に座っているのは、お染と鉄斎だ。

「亀吉のことだけでも大変だというのに、男どもが火に油を注ぎ、お前さんたちが、そこに花火を投げ入れたようなものだ」

うなだれていた三人だが、お奈津が引っ掻き傷のある顔を上げる。

「そう言えば、湯屋の名前が〝玉屋〟って言うんですよね……」

お奈津は再び俯いた。

「洒落を言ってる場合ではない。先に手を出したのは、お前さんたちの方だと言うではないか」

お咲は左目の周りが青くなっている顔を上げる。

「先に手拭いを投げてきたのは向こうなんですから。あたしたちはその前に湯をかけただけです。ねえ、お奈っちゃん」

「そうですよ。道端ならともかく、湯屋でお湯をかけるなんて、ある意味、親切じゃないですか。狙った相手にはかかりませんでしたけど。あははは」

お咲とお奈津は大笑いする。徳兵衛は溜息をついた。

「まったくもって、どうしようもない……」

お里は顔を上げると、徳兵衛の顔を正面から見つめた。

「それじゃ大家さんは、亀吉がやったって言うんですか」

「そ、そうは言っておらん。だが、向こうの子は大怪我をしているんだぞ。どうやって収めろというのだ。このままだと、本所界隈で、おけら長屋は悪者にされてしまうではないか」

お里は落ち着いた表情(かお)になる。

「大家さん。亀吉は、やってませんよ。この前、買い物に行くお梅ちゃんから亀吉を預かりましてね。そのとき、うちの亭主が亀吉に訊いたんです。〝亀吉。お前、石で叩いてなんかいないよな〟って。亀吉は小さく頷いたんです。亀吉はまだ話すことはできないけど、こっちの言ってることはわかるんです。八五郎とあたしは、亀吉の澄んだ瞳を見て間違いないと思いました。亀吉はやっていません。もし、もし、亀吉がやってたら、詫(わ)びとして、八五郎と、このお里の首を寒天長屋に差し出してくださいな」

「そんな首をもらってどうするんだ。迷惑するだけだろう」

鉄斎は小さく唸ってから――。

「そんなことがあったのか。それで八五郎さんは、亀吉はやっていないと見定めた。亀吉も男です。八五郎さんの眼力(がんりき)、特に男の心を見抜く目は確かです。私などは足下(あしもと)にも及びません」

お里は涙を流した。

「嬉しい。嬉しいよ。島田(しまだ)の旦那にそんなことを言ってもらえるなんて……。うちの人は泣いて喜ぶと思います」

お染も涙を拭った。

「あたしも、八五郎さんとお里さんに乗ろうかな。だって、亀吉はやってないんですから。それを謝ったり、頭を下げたりしたら、亀吉に顔向けできませんよ」

「おいおい。お染さんまで何を言い出すんですか。この三人を諭してもらおうと思って呼んだというのに……」

徳兵衛は苦々しい表情で茶を啜った。

三

本所界隈では、おけら長屋と寒天長屋の一件が、尾鰭をつけて広がっている。江戸では長屋同士の対抗意識が強く、何事にも張り合うことが多いので、恰好のネタになってしまうのだ。

南町奉行所の同心、伊勢平五郎を呼びつけたのは、南町奉行、桑原肥前守樽紀だ。

「御奉行。お呼びでございますか」

桑原はなぜか照れ臭そうな表情をしている。

「おお。平五郎か。目安箱の訴状に目を通していたら、おけら長屋に関わるものが二通あった」

桑原肥前守樽紀は、おけら長屋が関わる事件で粋な裁きをしたことのある名奉行だ。鉄斎への信頼も厚く、何よりもおけら長屋が大好きなのである。

「それは真でございますか。して、どのような……」

桑原は、大まかな事の次第を述べてから——。

「一通は、おけら長屋に住む呉服問屋の手代、久蔵の一子、亀吉が、寒天長屋に住む表具師、恒太郎の一子、忠吉に怪我をさせたが、おけら長屋の住人たちがこれを認めようとしない。真にけしからんというものだ。忠吉の目に差し障りが残った場合に、弁償の金銭から逃れるためで、許しがたいとな」

「して、もう一通は」

「亀吉が、忠吉に怪我をさせたところを見た者がいないのだから、亀吉が怪我をさせたと決めつけることはできない。その場から離れた忠吉の母親にも責はあるというものだ」

桑原はニヤリとする。

「平五郎。お前〝それは真でございますか〟などと、のたまっておったが、本当は知っていたのであろう。正直に申してみよ」

「い、いや、決してそのような……」

平五郎は、しどろもどろになる。

「まあよい。平五郎。おけら長屋と寒天長屋の住人たちに呼び出しをかけよ。この奉行から直々（じきじき）の呼び出しだ」

「な、なんと申されましたか」

「正式なお白洲（しらす）ではない。なので、裁きは下さん。奉行がそれぞれの言い分を聞こうというものだ」

「またしても、そのような酔狂（すいきょう）なことを……」

「どこが酔狂なのだ。目安箱にあった出来事を取り上げるのが奉行としての役目であろう」

「詭弁（きべん）でござる。御奉行は、おけら長屋に関わりたいだけではございませぬか。

何か面白いことが起こるかもしれぬと思って……」

桑原は大声で笑う。

「わははははは。その通りよ。幸い今は北町の月番で少しは時間もある。それくらいの楽しみがあってもよかろう。よいな、平五郎。段取りは、おれが考える」

迷惑そうな表情をしてみせた伊勢平五郎であるが、心は弾んでいた。

南町奉行所の使者から書面を受け取った、おけら長屋の大家、徳兵衛の顔は真っ青になり、広げた書面を持つ手は震えている。徳兵衛は鉄斎を呼んで書面を差し出した。

「恐れていたことが起こりましたな。それにしても、南町の御奉行様から直々の呼び出しとは……」

読み終えた鉄斎は、書面を折り目正しく畳んだ。

「それぞれの長屋から、大家一名。亀吉、忠吉の親一名。住人五名を出頭させることと記してありますな。つまり、おけら長屋からは、徳兵衛さんと、久蔵さん。あと五名ということになりますが、どうされますか」

「島田さんは、どう思われますか」

「八五郎さん、万造さん、松吉さん、お里さん、それにお染さんといったところですかな」

徳兵衛の顔は、青さが消えて真っ白になった。

「し、島田さん。正気ですか。そんな者たちを御奉行様の前に出したら、お手打ちは免(まぬか)れません。柏屋や湯屋での出来事を見れば、察しがつくではありませんか」

「ですが、他の人たちでは、寒天長屋からの申し立てに言い返すことはできませんよ。相手側に切れ者がいた場合は不利になります」

徳兵衛は唸った。南町奉行所で万松や八五郎が暴れでもしたら、おけら長屋の心証は悪くなるばかりだ。かといって、辰次(たつじ)では相手に丸め込まれてしまうし、金太(きんた)では話が通じない。

じつは一昨日(おととい)、伊勢平五郎から鉄斎に内々の知らせがあり、万造、松吉、八五郎、お里は必ず出頭させてほしいと言われているのだ。物好きな奉行からの要望らしい。

「せめて、島田さんには同道してもらわないと……」

「大丈夫です。お染さんがいますから。おけら長屋の人たちを信じてみましょう」

鉄斎は、控えの間から様子を覗き見できる段取りになっているのだ。

「わかりました。こうなったら、雪隠の火事。どうにでもなれってことですな」

徳兵衛は、近くにあった五合徳利から、湯飲み茶碗に酒を注ぐと、一気に呑み干した。


南町奉行所にある広間では左右に分かれて、寒天長屋の一同と、おけら長屋の一同が陣取っている。お互いに目を合わせようとしないどころか、その間には火花が散りそうな険悪な気配が漂っている。

同心が広間に入ってきた。

「南町御奉行、桑原肥前守様のお成りである」

一同は低頭した。桑原は分厚い座布団に正座をする。

「面を上げてくれ」

一同は顔を上げた。万造、松吉は桑原と面識があるが、その他の者たちにとって、奉行は雲の上の、そのまた上の存在だ。緊張は隠せない。

「過日、目安箱の訴状に目を通したところ、亀沢町にあるおけら長屋と、緑町にある寒天長屋との間で起こった揉め事について書かれたものが二通あった。奉行所としても見逃すわけにはいかん」

桑原は軽く咳払いをする。

「本日は、正式な裁きの場ではない。であるから、双方から忌憚のない話を聞こうと思う」

桑原は、長桂寺の境内で起こったこと、久蔵とお梅が謝りに行ったこと、住人同士が酒場と湯屋で揉め事を起こしたことなど、その事実だけを述べてから、寒天長屋側に座る一人の老人を扇子で指した。

「その方が、寒天長屋の大家、甚六であるか」

「左様でございます」

「その方も大家なら、世間でも騒がれているおけら長屋との一件は、よく存じているであろう。その方が思っていることを述べてみよ」

甚六は軽く頭を下げてから——。

「御奉行様のおっしゃる通り、忠吉が怪我をしたところを見た者はおりません。小火（ぼや）騒ぎとはいえ、子供だけを残してその場を離れた忠吉の母親、お竹にも責はあると思います。ですが、一緒にその場を離れた亀吉の母、お梅も同じだと思います」

甚六はかなりの切れ者のようだ。落ち着いた語り口調、相手を責める前に、自分たちにも非があったことを認めている。

「私は、この度のお呼び出しに際しまして、長桂寺の寺男と寺の女中に話を聞いてまいりました。忠吉が怪我をしたと聞き、その場に駆けつけたとき、あたりにはだれもいなかったと申しておりました。私は、この場をお借りいたしまして、御奉行様にご判断を下していただきたいと願っております。亀吉は手に石を握っていたのです。そのときの有り様、寺男や女中の話から、忠吉に怪我をさせたのはだれなのか、御奉行様のご意見をお伺いしたいのです。何卒、お願いを申し上げます」

「甚六の申すことはもっともである。まさか、忠吉が自らの顔を石で叩いたとは思えんし、空から石が降ってきたとも思えんからな」

おけら長屋の形勢は不利になってきたようだ。

「それでは、おけら長屋の大家、徳兵衛。その方の思っていることを述べてみよ」

徳兵衛の頭の中は真っ白になった。亀吉はやっていません、としか言い様がないからだ。

「申し上げます。それに、亀吉がやっていないという根拠は、ひとつもない。亀吉は優しい子です。それは、おけら長屋の住人だれもが知っていることです。ここに、八五郎とお里という夫婦がおります。この二人は亀吉の澄んだ瞳を見て、亀吉はやっていないことがわかったと申しました。私はこの二人の眼力を信じます。私だけではありません。おけら長屋の住人たちは、みな、信じたのです。もし、亀吉が怪我をさせたことが証明されたのなら、私はおけら長屋の大家として、すべての身代を売り払い、忠吉の両親に差し出し、あとは……、老いぼれではございますが、私の命をもって償いをさせていただく覚悟でございます」

八五郎は感極まって目頭をおさえた。

「大家さん。よく言ってくれたぜ。だがよ、大家一人にいい恰好はさせられねえ。おれも一緒に全財産を差し出して、この命をくれてやろうじゃねえか」

万造と松吉は鼻で笑う。

「何を言ってやがる。差し出すもんなんざ、何もありゃしねえだろうが」

「まったくだぜ。それどころか借金がついてくらあ」

寒天長屋の席から、弥助が声を上げた。

「信じるの、信じねえのって、そんなもんが通用するなら、だれだってそう言うに決まってるじゃねえか。身代を差し出すの、命を差し出すのって、見てた者がいねえんだから、何とでも言えらあ。ここは、御奉行様に公平な立場で判断してもらおうじゃねえか」

寒天長屋の席からは「そうだ、そうだ」の声が上がる。

「御奉行様」

声の主は久蔵だ。

「亀吉の父、久蔵でございます。御奉行様に申し上げたいことがございます」

「うむ。申してみよ」

久蔵は自分を落ち着かせるかのように大きく息を吐いた。

「寒天長屋の忠吉ちゃんに怪我をさせたのは、私の息子、亀吉でございます」

広間は静まりかえった。

「忠吉ちゃんが大怪我をしたのは間違いないことです。そこに亀吉しかいなかったのならば、やったのは亀吉なのでしょう。本当に申し訳ありませんでした」

八五郎は茫然としていたが――。

「きゅ、久蔵。お、おめえ、いきなり、何を言いだすんでえ」

「そうだよ。父親のあんたが信じてあげなくてどうすんのさ」

万造は松吉に囁く(ささや)。

「よ、よかったなあ。一緒になって、命を差し出すとか言わなくてよ」

「まったくでえ。これじゃ、命がいくつあっても足りやしねえや」

久蔵は膝を寒天長屋の方に向けると、両手をついた。

「ご迷惑をおかけして申し訳ございませんでした。忠吉ちゃんや親御(おやご)さんにも誠心誠意、償いをさせていただくつもりです」

久蔵は深々と頭を下げる。

「久蔵……」

徳兵衛の口から洩れたのは、久蔵の名前だけだった。桑原は咳払いをする。

「忠吉の父、恒太郎。久蔵はこう申しているが……」

恒太郎は思ってもいなかった成り行きに言葉が出てこないようだ。

「大家の甚六が代わってお答えさせていただきます。亀吉の父親が、そのように認めるのであれば、私どもは何も申し上げることはございません。それに、年端もいかない子供のやったことでございます。事を荒立てるつもりは毛頭ございません。弁償につきましては、忠吉の怪我の具合などを見て、改めて話し合いをしたいと思います。そのときは、また、御奉行様のお力添えをいただければ幸いでございます」

久蔵が非を認めたことで、黙っていられなくなったのは、寒天長屋の弥助たちだ。

「ちょっと待ってくだせえ。全財産を差し出す上に、命をもって償うと大見得を切った、おけら長屋の大家と八五郎はどうなるんでえ。江戸っ子が一度吐いた唾を呑み込みゃしねえだろうな」

「そうでえ、江戸っ子の八五郎さんよお。どうする、どうする。このままだと、江戸っ子の面目は丸潰れだぜえ」

「首でも括るってえなら、縄くれえは貸してやろうじゃねえか」

八五郎には返す言葉もない。

「ここは奉行所であるぞ。言葉を慎まんか」

桑原の一喝で、広間は静かになった。

「言い分は出尽くしたようであるな。今度は、この奉行の話も聞いてもらうとしよう。昨日、北森下町の地蔵長屋に住む、筆職人の佐之助という男が奉行所を訪ねてきた」

久蔵の顔色が変わった。

「その、佐之助がのう、長桂寺の境内で寒天長屋の忠吉に怪我をさせたのは、倅の千太郎だと名乗り出てきたのだ」

「そ、そんな……」

久蔵は、その言葉を残して絶句する。

「久蔵。その方の思いは通じなかったようだのう。いや、そうではない。思いが通じたのであろう」

徳兵衛は、思わずにじり寄った。

「御奉行様。それは一体、どういうことでございましょうか」

桑原は笑み(え)を浮かべる。

「久蔵は、忠吉に怪我をさせたのは、千太郎だと知っていたということだ。そうだな、久蔵。すべてを話してみたらどうだ」

久蔵は目を閉じた。

四

長桂寺の女中から千太郎のことを聞いた久蔵の足は、地蔵長屋へと向かっていた。

長桂寺の裏にある五間堀(ごげんぼり)の水面(みなも)を見つめるようにして、四、五歳の男の子がしゃがみ込んでいる。その背中はなんとも寂しげだ。久蔵はその隣にしゃがんだ。

「千太郎ちゃんかい」

その男の子は小さく頷いた。

「魚でもいるのかい」

千太郎は首を横に振った。

「千太郎ちゃんは知ってるかな。この前、長桂寺の境内で小さな男の子が怪我をしたのを」

千太郎は驚いて顔を上げ、久蔵を見ると、すぐに目をそらした。

久蔵はこの子だと思った。忠吉に怪我をさせたのはこの千太郎に違いない。亀吉の無実を明らかにしたい一心の久蔵は、鎌をかけてみることにした。

「おじさん、見てしまったんだよ……」

千太郎は震えだした。

「どうして、あんなことをしたんだい」

千太郎は泣きだした。久蔵は千太郎が落ち着くのを待った。

「当たるとは思わなかったんだ。石を投げたら、あの子に当たっちゃって。血が出たみたいで、怖くなって……、おいら、大きな石の後ろに隠れた」

境内にある石碑のことだろう。

「人が来て、大騒ぎになって……」

千太郎は手の甲で涙を拭った。そのとき、久蔵の瞼の裏には亀吉の顔が浮かんだ。そして、その顔は千太郎に重なった。

（この子は四年後の亀吉なのかもしれない）

亀吉だったら、どうしただろうか。その年ごろの男の子だったら、みな千太郎と同じことをするのではないか。千太郎に悪気はなかった。それでも、こうして苦しんでいる。

久蔵は自分が恥ずかしくなった。

こんな子供に鎌をかけて罪を認めさせるなんて。なんという愚かなことをしてしまったのだろう。自分は亀吉の無実を証明したいばかりに、この千太郎に罪を着せようとしているだけではないのか。この子が怪我をさせたということがわかれば、この子の親は自分と同じような思いをするだけだ。亀吉はやっていなかったということが、わかっただけでもよいではないか。亀吉は自分が信じた通りの子だったのだから。今さら、この千太郎をさらし者にして何になる。だが、お梅にだけは本当のことを話そう。きっと、お梅はわかってくれるはずだ。

久蔵は千太郎の頭を優しく撫でた。

「よく話してくれたね。もう何も心配することはないよ。このことはだれにも言わないから、いいね」

久蔵からこの話を聞いたお梅は、何も言わずに頷いた。

亀吉は、おけら長屋の女衆が誕生祝いに縫い上げてくれた布団に抱きついて、寝息を立てている。

「大丈夫だよ。おとっつぁんとおっかさんがついてるからね」

そう言うと、お梅は亀吉の頬を優しく撫でた。


久蔵の話を聞き終えた広間は静まりかえっている。隣にある控えの間から様子を窺(うかが)っていた鉄斎も驚いたようだ。

「伊勢殿はこの話を知っていたのですか」

伊勢平五郎は頷いた。

「申し訳ありません。昨日、千太郎の父親、佐之助が奉行所を訪れたときに、同席していたものですから」

「伊勢殿も人が悪いですなあ」

「いや、この場で聞かなければ重みが薄れますから。ですが、見せ場はこれからですよ。御奉行がどのように、この騒動をまとめるのか」

桑原肥前守の表情(かお)が満足げなのは、久蔵が、自分の思った通りの出来事を述べたからだ。

「千太郎の父親、佐之助は、千太郎の様子がおかしいことに気づいていた。笑わなくなり、食べる飯(めし)の量も減った。毎日のように遊びに行っていた長桂寺の境内にも行かなくなった。不審に思った佐之助は、千太郎に尋ねた。問い詰めたのではなく、尋ねたのだ。何か隠していることがあるなら打ち明けてみろと。辛(つら)く、苦しいことがあるなら、父が助けてやるとな。千太郎は長桂寺の境内で石を投げて遊んでいたところ、それが小さな男の子の顔に当たって怪我をさせてしまったことを話したそうだ。おけら長屋と寒天長屋の騒動は、千太郎の父、佐之助の耳にも入っていた。佐之助は名乗り出るべきか悩んだそうだ。だが、名乗り出なければ、千太郎の心には一生消えない傷が残るはずだ。石をぶつけられてできた傷よりも深い傷がな。だから佐之助は名乗り出てきたのだ。佐之助は千太郎の立派な父親だということだ」

桑原は久蔵の方を向いた。

「久蔵。その方は亀吉の本当の父親ではないそうだな」

久蔵は何も答えなかった。

「その方は、亀吉に汚名を着せてまで、千太郎を庇おうとした。千太郎の心を思いやったからであろう。そして、亀吉が故意に人を傷つけるようなことはしないと心から信じているからだ。だからこそ、汚名も怖くなかった。そうではないか」

桑原はそう言うと、微笑んだ。

「その方は亀吉だけでなく、千太郎のことも、もちろん忠吉のことも、まるで我が子のように思いやった。それは亀吉に深い愛情を注いできた、その方だからできたことなのだ。親というものは、上辺で綺麗事を言っても、とどのつまりは、自分の子のことしか考えないものだ。だが、久蔵は違う。すべての子の父親だ。

久蔵こそが本物の父親だ。わしはそう思う」

久蔵の目から涙が流れた。

「さて、恒太郎。亀吉ではないということがわかった今、その方はどうする。寒天長屋の者たちはどうする。今度は地蔵長屋の者たちと揉め事を起こすつもりか」

恒太郎は神妙な顔つきになる。

「御奉行様のおっしゃる通りです。もちろん、手前(てめえ)の子は可愛(かわい)い。目に差し障りが出ねえか心配(しんぺえ)で夜も眠れねえほどですが、相手の子のことも考(かんげ)えるべきでした」

弥助も後悔しきりのようだ。

「母親のお竹さんは仕方ねえとして、恒太郎はちゃんと相手のことも考えてたんでさあ。それを周りのおれたちが、いたずらに騒ぎを大きくしちまって。久蔵さんの話を聞かされちゃ、こちとら、穴があったら入(へえ)りてえ気分でさあ」

桑原は頷いた。

「それでは、改めて、おけら長屋の者たちに申し述べることはあるか」

奉行の方を向いていた寒天長屋の大家、甚六は、おけら長屋の方に向き直った。

「申し訳ありませんでした。無礼の数々を、お許し願いたい」

弥助も頭を下げる。

「すまねえ。それにしても、おけら長屋にはまいったぜ。命を張ってでも、亀吉のことを信じるなんてよ。おれたちにできる芸当じゃねえや。さすがは噂に聞く、おけら長屋でえ」

「して、おけら長屋はどうする」

徳兵衛も寒天長屋の方に向き直る。

「何もなかったことにいたしましょう。恒太郎さん。遺恨を残さず、また、これからも忠吉と亀吉が一緒に長桂寺の境内で遊べるようにしてあげてください。それでいいですね、八五郎さん」

八五郎は他人事のような表情で――。

「いいも悪いも、はじめから何もなかったんだからよ。だが、許せねえのは久蔵だ。おれたちを差し置いて、一番おいしいところを持っていきやがって。勘弁できねえ。なあ、万松のお二人さんよ」

万造と松吉は、いきり立つ。

「まったくでえ。久蔵が何もしなけりゃ、大家がこの世からいなくなったのによ」

「おうよ。余計なことをしやがって。そうなりゃ、店賃(たなちん)を払わずに済んだんでえ」

徳兵衛も黙ってはいない。

「そんなことは、店賃を払ってから言え。そ、そうだ。御奉行様。この二人を何とかしてください。一年近くも店賃を払っていないのです。八丈(はちじょう)でも、佐渡(さど)でも、島送りにしてやってください」

一同は大笑いだ。

「それでは、おけら長屋と寒天長屋の揉め事は一件落着ということでよいな」

桑原肥前守に向かって、一同は深々と頭を下げた。

お梅とお竹は聖庵堂の待合にいる。

「ごめんね、お梅ちゃん」

お梅はうんざりした顔を作る。

「もう。何度謝れば気が済むのよ。私は何とも思ってないって」

「だって……。何度謝っても気が済まないんだもん」

今日は忠吉の包帯がとれる日だ。大まかな眼球（めのたま）の具合もわかるらしい。

「千太郎ちゃんと両親（ふたおや）が謝りに来たんだってね」

「うん。千太郎ちゃんは泣きながら何度も〝ごめんなさい、ごめんなさい〟って謝ってた。かわいそうになるくらいに。佐之助さんは、聖庵堂の薬礼（やくれい）をはじめ、できる限りのことはさせていただきますって」

「恒太郎さんは何て答えたの？」

「それじゃ、聖庵堂の方は甘えさせてもらおうかなって」

「うまい返答だね。千太郎ちゃんの両親も、そう言ってくれた方が、心の重荷が軽くなるはずだから」

引き戸が開いて、聖庵が入ってきた。続いて入ってきたお満に抱かれているのは忠吉だ。

お竹は忠吉に駆け寄る。瞼の傷は赤く腫れあがっていて痛々しい。

「先生……」

聖庵はその傷を指先で触(さわ)った。

「我ながら見事に縫い合わせたものだ。まだ腫れが引かないが、傷痕はだんだん目立たなくなるじゃろう。まあ、腕白坊主(ぼうず)としては箔(はく)がつくってことだな」

「聖庵先生！」

お満に一喝された聖庵は話題を変える。

「それから、眼球だがな……」

お梅は息を呑んだ。

「眼球に小さな傷は残ったが、心配はなかろう。大丈夫だ」

お梅は胸を撫で下ろした。泣き崩れると思っていたお竹は当たり前のように、頭を下げる。

「聖庵先生。ありがとうございました。よかったね、忠吉」

お梅には合点(がてん)がいかない。

「おかしいなあ。泣いて喜ぶと思ってたんだけど」

お竹は平然と答える。

「信じていたから。だって、それを教えてくれたのは、おけら長屋じゃないの」

お梅の胸は熱くなった。やっぱり最後は、おけら長屋なのだと。


緑町の酒場、柏屋の座敷に集まっているのは、八五郎、万造、松吉、それに弥助と寒天長屋の連中だ。

「それじゃあ、手打ち式といこうじゃねえか」

弥助は猪口を上げる。

「おけら長屋と寒天長屋の前途を祝して……、乾杯（かんぺえ）！」

弥助は八五郎に酒を注ぐ。

「八五郎は、おれと同い年ってことだが、とてもかなわねえや。気風（きっぷ）はいい。度胸がある。腕っ節も強（つえ）え」

八五郎はご満悦だ。

「それほどでもねえけどよ」

万造と松吉は、むさぼるように豆腐田楽を食べ、浴(あ)びるように酒を呑んでいる。

「この豆腐田楽は絶品じゃねえか。この前(めえ)は投げつけるだけで、食えなかったからよ」

「まったくでえ。土産(みやげ)にしてもらって、鉄斎の旦那にも食べさせてやりてえなあ」

八五郎はそんな二人を横目で眺めながら――。

「おめえたち。いくらゴチになるからって、そんなにがっつくんじゃねえ。だから貧乏長屋って馬鹿にされるんでえ」

「えっ……」

「どうしたんでえ、弥助。素(す)っ頓狂(とんきょう)な声を出しやがって」

「は、八五郎さん。今、なんて、おっしゃいましたかね」

「ははは。だから、貧乏長屋って馬鹿にされるんでえ……か?」

「そ、その前なんですけどね……」

「そんなにがっつくんじゃねえ……か?」

「そ、そのまた前なんですけどね」

「いくらゴチになるからって……か？」

「そう。そこでえ」

「それがどうしたんでえ」

「だれが、ご馳走するって言ったんでしょうか」

「だれって、おめえたちが声をかけてきたんだから、おめえたちが呑み代を払うのが筋ってもんだろうが」

　弥助は膳を叩いた。

「冗談じゃねえ。おれたちが頭を下げたことで調子に乗りやがって。五分の手打ちじゃねえのかよ。五分の手打ちは、払いも五分五分って相場が決まってるんでえ」

「弥助よ。しみったれたことを言うんじゃねえ。せっかく花を持たせてやるって言ってるのによ」

「嘘をつきやがれ。金を払うのが嫌なだけじゃねえか。おけら長屋は貧乏長屋どころか、物乞い長屋じゃねえか」

「何だと、この野郎」

万造と松吉は、膳を持って座敷の隅に移る。

「雲行きが怪しくなってきやがったぜ」

「ああ。こりゃ、早えところ呑んで、食っちまった方がよさそうだな」

案の定、八五郎と弥助は取っ組み合いをはじめた。万造と松吉は酒の入った徳利を小脇に抱え、幼子が這い這いをするようにして、座敷の隅を移動する。

「いいか。この戦場を、なんとかすり抜けて、表に出るぜ」

「合点でえ。徳利から酒を溢すんじゃねえぞ」

八五郎に投げ飛ばされた弥助が、万造の上に落ちてきた。

「うわあ〜。何をしやがる」

「てめえたちこそ何をしてやがる。呑み逃げしようって魂胆か」

弥助が殴りかかってきたので、万造は徳利の酒を口に含んで吹きかける。

「ま、万ちゃん。もったいねえことをするんじゃねえ」

「大丈夫でえ。半分は呑んだからよ」

弥助は顔に吹きかけられた酒を拭う。

「ふざけやがって〜。うわあ〜。田楽の食いカスが混ざってるじゃねえか。てめえら、帰してたまるけえ」

八五郎は寒天長屋の連中と取っ組み合っている。膳は引っ繰り返り、徳利は飛び、皿は割れる。

「あんたたち、いい加減にしてくれ。皿を買いかえて、壁を塗り直したばかりなんだぞ〜。どうしてくれるんだ〜」

怒鳴る店主の顔に、豆腐田楽が当たって砕け散る。

「ゆ、許さねえ」

店主は大根を振り回しながら、取っ組み合いの輪の中に飛び込んだ。

翌日、万造、松吉、八五郎の三人は、徳兵衛の家に呼び出された。

「お前たちは何をやってるんだ」

徳兵衛は顔を真っ赤にしている。その両脇に座っているのは、お染と鉄斎だ。

「柏屋の主からは、先日の件で一分も請求されているんだぞ。だいたい、なんで大家のところに請求がくるんだ。やったのはおまえたちだろう。その金も払わぬうちに、また騒ぎを起こしおって。わしは知らんぞ。お前たちが払え」

徳兵衛は松吉の隣に座って、うなだれている男を見る。

「き、金太じゃないか。どうしてこんなところにいるんだ」

「さあ……。一緒に行きてえって、ついてきたもんで……。金太。おめえも謝れ」

金太は胸を張ってのけ反る。

「どうして、おいらが褌を締めてねえって知ってるんだ」

徳兵衛は頭を抱える。そこに飛び込んできたのは久蔵だ。

「亀吉が喋ったんです。私のことを〝おっとう〟って呼んだんです」

お染は膝立ちになる。

「それは本当かい」

「本当です。〝おっとう、おっとう〟って、私の顔を見て、二回も言ったんです」

八五郎も立ち上がる。

「こうしちゃいられねえ。亀吉に〝八様〟って言葉を覚えさせなきゃならねえ」

「ふざけるねえ。〝万造兄い〟の方が先でえ」

「馬鹿野郎。〝松ちゃん〟だろう」

「〝乙な年増のお染姐さん〟てえのはどうだい」

「そんなに長え台詞が言えるわけねえだろ」

「おいらは褌を締めてねえぞ」

五人は徳兵衛の家から飛び出していった。

呆れる徳兵衛の横で鉄斎が呟く。

「亀吉は、みんなの子だってことですな」

徳兵衛は苦笑いを浮かべながら、小さく頷いた。

その壱「かえだま」は、二〇〇八年に浅草公会堂で上演された、デン助劇場復活公演「デン助と兵士のジョニー」（原作・河野通夫／脚本・畠山健二）を元に、新しく書き下ろしたものです。

この物語はフィクションであり、実在した人物・団体などとは一切関係ございません。

本書は、書き下ろし作品です。

編集協力――武藤郁子

著者紹介
畠山健二（はたけやま　けんじ）
1957年、東京都目黒区生まれ。墨田区本所育ち。演芸の台本執筆や演出、週刊誌のコラム連載、ものかき塾での講師まで精力的に活動する。著書に『下町のオキテ』（講談社文庫）、『下町呑んだくれグルメ道』（河出文庫）、『超入門！ 江戸を楽しむ古典落語』（ＰＨＰ文庫）、『粋と野暮 おけら的人生』（廣済堂出版）など多数。2012年、『スプラッシュ マンション』（ＰＨＰ研究所）で小説家デビュー。文庫書き下ろし時代小説『本所おけら長屋』（ＰＨＰ文芸文庫）が好評を博し、人気シリーズとなる。

ＰＨＰ文芸文庫　本所おけら長屋（十七）

2021年10月５日　第１版第１刷
2023年３月８日　第１版第４刷

著　者　畠　山　健　二
発行者　永　田　貴　之
発行所　株式会社ＰＨＰ研究所
東京本部　〒135-8137 江東区豊洲5-6-52
文化事業部　☎03-3520-9620（編集）
普及部　☎03-3520-9630（販売）
京都本部　〒601-8411 京都市南区西九条北ノ内町11
PHP INTERFACE　https://www.php.co.jp/
組　版　朝日メディアインターナショナル株式会社
印刷所　図書印刷株式会社
製本所　東京美術紙工協業組合

ISBN978-4-569-90153-4

PHP文芸文庫

スプラッシュ マンション

畠山健二 著

マンション管理組合の高慢な理事長にひと泡吹かすべく立ち上がった男たち。奇想天外なその作戦の顚末やいかに。わくわく度満点の傑作。

PHP文芸文庫

鯖猫長屋ふしぎ草紙（一）〜（九）

田牧大和 著

事件を解決するのは、鯖猫!? わけありな人たちがいっぱいの「鯖猫長屋」で、不可思議な出来事が……。大江戸謎解き人情ばなし。

PHP文芸文庫

風待（かざまち）心中

山口恵以子 著

江戸の町で次々と起こる凄惨な殺人事件、そして驚愕の結末！ 男と女、親と子の葛藤が渦巻く、一気読み必至の長編時代ミステリー。

PHP文芸文庫

〈完本〉初ものがたり

宮部みゆき 著

岡っ引き・茂七親分が、季節を彩る「初もの」が絡んだ難事件に挑む江戸人情捕物話。文庫未収録の三篇にイラスト多数を添えた完全版。

PHP文芸文庫

桜ほうさら（上・下）

宮部みゆき 著

父の汚名を晴らすため江戸に住む笙之介の前に、桜の精のような少女が現れ……。人生のせつなさ、長屋の人々の温かさが心に沁みる物語。

PHP文芸文庫

わらべうた

〈童子〉時代小説傑作選

宮部みゆき、西條奈加、澤田瞳子、中島 要、梶よう子、諸田玲子 著／細谷正充 編

今読んでおきたい女性時代作家が勢揃い！ ときにいじらしく、ときにたくましい、子供たちの姿を描いた短編を収録したアンソロジー。

PHP文芸文庫

いやし

〈医療〉時代小説傑作選

宮部みゆき、朝井まかて、あさのあつこ、和田はつ子、知野みさき 著／細谷正充 編

時代を代表する短編が勢揃い！　江戸の町医者、小児医、産婦人医……命を救う者たちの戦いと葛藤を描く珠玉の時代小説アンソロジー。